Bianca

Anne Mather
Futuro lejano

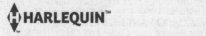

Editado por HARLEQUIN IBÉRICA, S.A.
Núñez de Balboa, 56
28001 Madrid

I.S.B.N.: 978-84-687-0355-8
Depósito legal: M-20618-2012
Editor responsable: Luis Pugni
Fotomecánica: M.T. Color & Diseño, S.L. Las Rozas (Madrid)
Impresión en Black print CPI (Barcelona)
Fecha impresion para Argentina: 11.2.13
Distribuidor exclusivo para España: LOGISTA
Distribuidor para México: CODIPLYRSA
Distribuidores para Argentina: interior, BERTRAN, S.A.C. Vélez
Sársfield, 1950. Cap. Fed./ Buenos Aires y Gran Buenos Aires,
VACCARO SÁNCHEZ y Cía, S.A.
Distribuidor para Chile: DISTRIBUIDORA ALFA, S.A.

Capítulo 1

Y IANNIS?
   La voz provenía de muy lejos... desde algún sitio cercano a la boca... De repente Yiannis se
dio cuenta de que estaba sujetando el auricular del teléfono al revés. Rodó sobre sí mismo, se puso boca
arriba y trató de ponerlo derecho como pudo.

–¿Yiannis? ¿Estás ahí?

Oía mejor la voz, pero seguía con los ojos cerrados.
Los tenía pegajosos y tenía el cuerpo agarrotado.

–Sí. Estoy aquí –su propia voz sonaba adormilada,
ronca... No era de extrañar, sobre todo porque se sentía
como si acabara de acostarse.

–Oh, cariño. Te he despertado. Eso me temía.

En ese momento reconoció esa voz triste. Era Maggie, su antigua casera. Le había comprado aquella vieja
casa de playa casi tres años antes y ella había terminado
viviendo en el apartamento que estaba encima del garaje. Maggie era una mujer independiente; sabía apa-
ñárselas bien sola... Si le llamaba a esas horas, fueran
las que fueran, debía de ser algo importante.

–¿Qué sucede? ¿Qué pasa?

Normalmente no tenía tanto problema con el jetlag,
pero le había llevado más de treinta horas regresar de
Malasia y la cabeza le palpitaba de dolor. Apretó los
párpados y volvió a abrir los ojos.

Había luz, pero no era intensa... Por suerte... A través

de las cortinas a medio abrir podía ver la suave neblina de la mañana. La costa de California siempre estaba sumergida en esa blanca nebulosa hasta que el calor de la mañana la disipaba. Miró el reloj. Ni siquiera eran las siete de la mañana.

–No pasa nada. Bueno, no pasa nada con el apartamento –dijo Maggie, en un tono vacilante–. Tengo que pedirte un favor –añadió, con reticencia.

–Lo que quieras –le dijo él, apoyándose contra el cabecero de la cama.

«La dueña quiere vivir en la casa como inquilina, en el apartamento del garaje... Es la única condición que pone.», le había dicho el agente inmobiliario, cuando había hecho la oferta por su casa de la isla de Balboa.

Yiannis no había tenido problema en aceptar el trato. Al fin y al cabo, tener como inquilina a una anciana de ochenta y cinco años era una opción mucho más tranquila y menos problemática que los jóvenes alborotadores que normalmente terminaban en Balboa, seducidos por el estilo de vida relajado del sur de California.

–Hágale un contrato por seis meses –le había aconsejado el agente inmobiliario.

Pero Yiannis le había ofrecido la posibilidad de quedarse en la casa principal. Él podía seguir viviendo en el apartamento del garaje sin problemas... Sin embargo, ella se negó. Le dijo que necesitaba el ejercicio, que subir y bajar escaleras la ayudaría a mantenerse en forma.

Llevaban tres años viviendo de esa manera, y el arreglo había funcionado muy bien. Yiannis tenía que viajar mucho para mantener el negocio de exportación e importación de maderas finas. Maggie, por el contrario, nunca iba a ninguna parte, así que podía vigilarle la casa cuando él no estaba.

Él, por su parte, le mandaba una postal cada vez que

viajaba a un sitio nuevo, y la ayudaba a aumentar su colección de pañitos de cocina. Maggie le hacía galletas y le preparaba buenas cenas caseras cuando estaba en casa.

Yiannis estaba encantado con ella. Maggie era la inquilina perfecta. Además, al tenerla en casa, no tenía mucho sitio para invitados extra, y eso siempre era una ventaja para un miembro de la familia Savas, siempre en expansión continua. Yiannis quería mucho a su familia, pero tampoco le hacía mucha gracia la idea de tener que recibir y acoger a parientes inoportunos. Los Savas eran una buena familia... pero era mejor mantenerlos a distancia, a ser posible con un continente de por medio.

Dos semanas antes, justo antes de irse al sur de Asia por negocios, había recibido una llamada de su prima Anastasia. La joven le había llamado para preguntarle si tenía «sitio para todos» esa primavera y, afortunadamente, había podido decirle que no.

Yiannis se puso en pie.

–Lo que quieras, corazón... –le dijo a Maggie–. Sobre todo si se trata de pañitos de cocina –añadió–. Te he comprado media docena.

–¡Dios mío! –la anciana se echó a reír–. Me mimas mucho.

–Es que te lo mereces. ¿Qué necesitas? –le preguntó, mirando por la ventana de la parte de atrás.

Maggie suspiró.

–Me tropecé con una alfombrilla. Di un traspié y me caí. Me preguntaba si podrías llevarme al hospital.

–¿Al hospital? –Yiannis se sintió como si acabaran de darle un puñetazo–. ¿Te encuentras bien?

–Claro que sí –dijo Maggie rápidamente–. Es que la cadera me está molestando un poco. He llamado. Me han dicho que deberían hacerme una radiografía.

–Ahora mismo voy para allá –le dijo, sacando su vieja sudadera de Yale del armario.

Se puso unos vaqueros y unas zapatillas y corrió hacia el apartamento del garaje.

Ella estaba sentada en el sofá. No tenía buena cara. Llevaba el cabello, blanco como la nieve, recogido en un moño en la nuca.

–Lo siento. No me gusta molestarte.

–No hay problema. ¿Puedes caminar? –se agachó a su lado.

–¡Bueno, no quiero que me lleves en brazos! –la anciana se puso en pie, haciendo una mueca de dolor.

–Puedo llevarte –dijo Yiannis.

–Tonterías –dijo ella.

Trató de dar un paso adelante y entonces gimió de dolor. Él la agarró justo a tiempo para evitar que cayera al suelo.

–Deberíamos llamar a una ambulancia –dijo Yiannis en un tono serio.

La tomó en brazos y bajó las escaleras que conducían al garaje. Dentro estaba su Porsche y el turismo que conducía Maggie. Yiannis se detuvo.

–Mejor será que lleves mi coche –le dijo ella, suspirando.

–¿Es que no quieres presentarte en el hospital en el Porsche? –Yiannis sonrió.

–Me encantaría. Pero no tienes sitio para la sillita.

–¿Qué? –Yiannis no tenía ni idea de qué estaba hablando.

–Necesitamos la sillita. Tengo a Harry.

–¿Harry?

–El bebé de Misty. ¿No te acuerdas? Le conoces.

Sí que recordaba a Misty. Era la nieta de su segundo esposo, Walter, ya fallecido. No era de su sangre, pero para Maggie era parte de la familia... La chica era bastante alocada; una madre soltera un tanto rara y promiscua... Una pizpireta rubia de piel bronceada y ojos azules casi transparentes. Misty era preciosa, pero irresponsable. Debía de tener unos veinte años, pero su edad mental era de unos siete. El mundo siempre giraba alrededor de Misty. Yiannis se había sorprendido mucho al enterarse de que tenía un hijo.

–¿Y quién va a criar a quién? –le había preguntado a Maggie.

–A lo mejor ese bebé consigue meterla en cintura un poco –le había dicho la anciana, poniendo los ojos en blanco.

Yiannis le había lanzado una mirada escéptica en esa ocasión. Aquello no era muy probable... Pero sí recordaba haberla visto con el bebé en brazos unos meses antes.

–¿Qué quieres decir? ¿Que tienes a Harry?

–Está durmiendo en la habitación –le dijo, tratando de tranquilizarle con la mirada.

–Me alegro de saberlo –dijo Yiannis, pasando por delante de su flamante Porsche, mirándolo con angustia–. ¿Dónde está Misty? ¿O es mejor que no pregunte? –añadió, ayudándola a subir al utilitario.

–Fue a hablar con Devin –dijo la anciana, aguantando el dolor mientras trataba de acomodarse en el asiento.

Era el padre del bebé. Yiannis recordaba bien el nombre. No le conocía, pero el muchacho tampoco debía de tener muy buen gusto con las mujeres. Al parecer, estaba en el ejército...

–Muy bien. Ya está –Maggie se estremeció un poco. Estaba poniéndose pálida.

–No vas a desmayarte –le dijo. No era una pregunta.

Era una afirmación a medio camino entre una orden y una súplica. Ya empezaba a preocuparse.

–No me voy a desmayar –le aseguró Maggie–. Vuelve y ve a por Harry. Las llaves del coche están en el cuenco con forma de gallo que está en la estantería de la cocina.

Yiannis subió los peldaños de dos en dos, agarró las llaves a toda prisa y entró en el dormitorio, donde Misty había preparado una especie de cuna para su bebé durmiente. Yiannis se figuró que debía darle algunos puntos por ello; una cunita y una sillita para el coche. Había dado por sentado que le había dejado al bebé sin pensar en nada más. A lo mejor Misty había empezado a crecer por fin... El pequeño se estaba moviendo en la cuna. Yiannis se acercó... Movió su pequeña cabecita y miró alrededor. Yiannis no sabía cuántos años debía de tener... Menos de un año... Recordaba a Misty, gorda como una ballena y malhumorada... Debía de haber sido al comienzo del verano anterior, así que Harry tenía que haber nacido poco después.

–Eh, Harry, chiquitín... –dijo, mirando por el borde de la cuna.

Harry se incorporó y levantó la vista. Al ver que no era la persona a la que esperaba, su carita se puso triste de repente. Estaba a punto de echarse a llorar.

–No, no, nada de eso –dijo Yiannis con firmeza y lo tomó en brazos antes de que pudiera articular sonido alguno.

Harry le miró, sorprendido. Sus ojos azules parecían enormes, pero, afortunadamente, no lloraba.

–Vamos a buscar a tu abuela –dijo Yiannis.

Apoyó al bebé sobre una cadera, cerró la puerta y bajó las escaleras a toda prisa. Harry no hizo ni un ruido... hasta que vio a Maggie. En ese momento dejó escapar una especie de sollozo y extendió los brazos hacia la anciana.

–Oh, cariño, no puedo sujetarte –Maggie parecía tan angustiada como el niño–. ¿Le cambiaste tan rápido?

–¿Qué? –Yiannis abrió la puerta de atrás y trató de descifrar el misterio de la sillita adaptada.

–Acaba de despertarse. Necesitará que le cambien el pañal.

–Tenemos que llevarte al hospital.

–Yo puedo esperar –le dijo Maggie, sonriendo.

Yiannis la fulminó con una mirada de desesperación. Cerró la puerta de atrás y fue hacia la ventanilla del acompañante.

–Estás disfrutando, ¿no?

Maggie contuvo el aliento un momento.

–No estoy disfrutando con lo mucho que me duele la cadera.

Yiannis hizo una mueca, sintiéndose momentáneamente culpable. Lo que decía era cierto, pero...

–Bueno, entonces digamos que le estás sacando partido a la situación.

–Algo así –ella sonrió.

–¿Crees que no sé cambiar un pañal?

–Creo que puedes hacer cualquier cosa –dijo Maggie con entusiasmo. Esa era la respuesta correcta.

Pero también era cierto, y él podía demostrárselo.

–Vamos, Harry. Danos un momento –le dijo a Maggie y volvió al apartamento.

No era que no supiera cambiar un pañal. Lo había hecho cientos de veces... Quizá no tantas, pero en una familia tan grande como la suya, no había podido librarse de hacer de canguro de vez en cuando, por mucho que fuera el segundo más pequeño de los hermanos. Siempre había primos, sobrinos, sobrinas de los que ocuparse. Cambió a Harry rápidamente y volvió a vestirle. Al parecer, cambiar a un bebé era como aprender a montar en bicicleta. Nunca se olvidaba. Además, Harry colaboró bastante. Solo trató de escapar dos veces, pero Yiannis tenía buenos reflejos.

–Ya está –le dijo al bebé–. Ahora vamos a llevar a tu abuela al hospital.

Escribió una nota a toda prisa y la dejó sobre la mesa de la cocina. Agarró al bebé y regresó al garaje. Al ver a Maggie, Harry empezó a botar contra la cadera de Yiannis, sonrió y chocó las palmas de las manos. La anciana le devolvió el saludo con una sonrisa.

–Eres un hombre como pocos –le dijo a Yiannis al tiempo que este ponía al niño en la sillita y trataba de averiguar cómo ponerle el cinturón de seguridad. El hospital más cercano estaba a unos pocos kilómetros más adelante, cerca de la costa. Él nunca había estado, pero Maggie lo conocía bien.

–Allí murió Walter.

–Tú no te vas a morir –le dijo Yiannis con firmeza.

–Hoy no –Maggie se rio.

–No hasta dentro de mucho tiempo –dijo Yiannis, pensando que no lo iba a permitir.

No dijo nada más. Subió al coche y la llevó al hospital lo más rápido posible. Cuando llegaron, se dirigió hacia la zona de urgencias y fue a buscar una silla de ruedas. Una enfermera y un camillero le ayudaron de inmediato. Acomodaron a Maggie en la silla y entraron en el edificio con ella.

–Puede hacer el papeleo después de aparcar –le dijo la enfermera.

–No voy... –empezó a decir, pero la enfermera y el camillero ya habían desaparecido, dejándole solo. Con Harry. El niño estaba dando botes en su sillita y haciendo ruidos de alegría. Cuando Yiannis se agachó a su lado, incluso sonrió.

–Vamos –le dijo, intentando devolverle la sonrisa–. Vamos a aparcar –añadió, subiendo al vehículo.

Unos minutos más tarde, entró en urgencias con el bebé en brazos, pero Maggie no estaba por ninguna parte.

–La han llevado a rayos X –le dijo la señorita del mostrador de admisión–. Pero qué ricura –añadió, mirando a Harry–. ¿Cuánto tiempo tiene?

–No lo sé.

La empleada alzó las cejas, sorprendida.

–No es mi hijo.

–Ah, bueno. Qué pena –le dijo.

Yiannis no era de la misma opinión, pero no se molestó en decirlo.

–Volverán pronto. Ella ha hecho todo el papeleo, así que ya está –le dijo la recepcionista–. Puede esperar aquí –señaló una sala de espera que estaba bastante concurrida. Alguien estaba tosiendo y otra persona estaba sangrando–. O en la habitación.

Harry se estaba alborotando. Encerrarle en un sitio no era buena idea.

–Iremos a dar un paseo –le dio su número de teléfono–. Llámeme cuando salga, por favor.

Mientras tanto, aprovecharía para hacer unas cuantas llamadas. Había estado fuera del país, buscando proveedores de madera. Se había mantenido al día con el correo electrónico, pero tenía más de doce llamadas que devolver. Empezó a escuchar los mensajes e hizo las llamadas una por una, mientras dejaba jugar a Harry en la hierba. Iba por la quinta llamada cuando le llamó la recepcionista.

–La señora Newell acaba de salir de rayos.

Yiannis tomó a Harry en brazos y volvió a la sala de urgencias.

–Habitación tres –le dijo la empleada.

Le dio las gracias y se dirigió hacia allí rápidamente. La estancia era igual que cualquier otra habitación del área de urgencias. Había un montón de máquinas que hacían ruidos alrededor de la cama sobre la que descansaba Maggie.

–Vuelvo enseguida –le dijo una enfermera, dándole una palmadita en el hombro–. Tengo que preparar unas cosas.

–Gracias –le dijo Maggie.

La anciana estaba muy cambiada. No se parecía en nada a la Maggie de siempre, llena de energía, dinámica, coqueta. La Maggie que tenía delante llevaba una bata de hospital.

Yiannis levantó las cejas. Maggie hizo una mueca. Estaba pálida y parecía muy cansada. Al ver a Yiannis, con Harry sobre los hombros, logró sonreír.

–¿Te duele? –le preguntó, intentando devolverle la sonrisa.

–Un poco –dijo ella.

–Te curarán –le aseguró Yiannis–. Te pondrás bien enseguida. Pronto estarás lista para correr esa maratón de la que siempre hablas.

–Eso me dicen. Bueno, no lo de la maratón, sino lo otro –añadió. Pero no sonaba muy contenta al respecto.

Yiannis esbozó una sonrisa de oreja a oreja, esperando animarla un poco.

–Bueno, entonces medio maratón. Te pondrás bien.

–También me dijeron eso.

No era propio de Maggie no ver el lado positivo de las cosas. Yiannis la miró atentamente.

–Bueno, entonces...

–Se ha roto.

Yiannis parpadeó.

–¿Qué se ha roto?

–Mi cadera –le dijo la anciana, resignada–. Me van a operar.

–¿Operar?

Harry le dio un golpecito en la oreja. La enfermera volvió en ese momento.

–Todo está listo –le dijo a Maggie–. Tienen una habitación para usted en el pabellón de cirugía. Vamos a cambiarla ahora mismo. He hablado con la enfermera del doctor Singh. La operará mañana a las nueve.

Mientras hablaba, empezó a desconectar a Maggie de los monitores. Solo dejó la vía que estaba conectada al dorso de su mano. Cuando hubo terminado, se asomó por la puerta y llamó a uno de los celadores para que fueran a ayudarla. Y entonces se volvió hacia Yiannis.

–Lo siento, pero me temo que no puede venir con ella. Desde que tuvimos el brote de gripe el pasado invierno, no se permiten niños de menos de catorce años en el pabellón.

–No es mío.

–Pero está con usted.

–Pero...

–Si puede dárselo a alguien... –sugirió la enfermera.

Yiannis sacudió la cabeza.

La enfermera se encogió de hombros y le ofreció una sonrisa.

–Lo siento. Son las reglas. Váyase a casa. Llámela dentro de media hora. Para entonces ya la habremos acomodado. O ella le puede llamar a usted. No se preocupe. Cuidaremos bien de ella.

–Sí, pero...

En ese momento entró el celador y la enfermera le

dejó con la palabra en la boca. Desapareció y le dejó con Harry en los brazos, observando al celador mientras metía la ropa de Maggie en una bolsa para después meterla en la parte de debajo de la camilla. En cuestión de segundos, se la llevaría pasillo abajo y le dejaría allí, solo, con Harry, de nuevo.

–¿Maggie? –dijo, dándose cuenta de repente.

–Lo sé –dijo la anciana con tristeza–. ¿Qué vamos a hacer?

–Creo que tú no vas a hacer nada –dijo Yiannis con contundencia.

–Debía haberme dado cuenta –Maggie le miró con ojos culpables.

–No hubieras tenido forma de saberlo –le aseguró Yiannis–. No te preocupes. Todo irá bien –podía ocuparse del niño durante un par de horas.

Maggie no parecía tan segura.

–¿Listos? –le preguntó el celador a Maggie, enganchando la vía móvil a la camilla con ruedas y empujándola hacia la puerta.

–¿Puedes arreglártelas hasta esta noche? –preguntó Maggie por encima del hombro.

–¿Esta noche?

¿Misty no volvía hasta por la noche? Yiannis trató de no sonar molesto, pero lo estaba. No por Maggie, sino porque era típico de Misty abusar así de la gente. Siempre hacía algo y luego esperaba que el mundo, y Maggie en concreto, le siguiera el ritmo. Pero esa vez se había pasado de la raya. Se había ido y había dejado a su bebé con una anciana de ochenta y cinco años. Probablemente ni se le había ocurrido pensar en la posibilidad de que a Maggie pudiera pasarle algo. Yiannis corrió detrás de la camilla.

–No te preocupes –le dijo a Maggie, alcanzándola.

Harry rebotaba contra sus hombros, agarrándose de su pelo–. Por ti, cariño, me las apañaré –le ofreció su mejor sonrisa y le guiñó un ojo–. De verdad. Estaré bien. Pero... Mejor será que me des su número de móvil por si acaso.

Por lo menos tenía que llamarla y contarle lo de Maggie.

–Me puso su número en el cuenco con forma de gallo que está en la cocina –le dijo Maggie cuando se detuvieron junto al ascensor.

El celador apretó un botón.

–Ya no puede pasar de aquí –le dijo a Yiannis cuando la puerta se abrió.

–No te preocupes –le dijo Yiannis a Maggie. Le apretó la mano un momento–. Nos apañaremos bien, ¿verdad, Harry? –le tiró del pie al pequeño.

Harry se rio.

–¿A qué hora vuelve ella?

–... quince.

–¿A las siete y quince? –Yiannis no la había oído bien.

–El quince –Maggie sacudió la cabeza.

–¿Qué? –Yiannis se le quedó mirando, perplejo.

–De marzo –dijo Maggie, suspirando.

Las puertas del ascensor empezaron a cerrarse. Yiannis metió el pie entre ellas.

–¡Faltan dos semanas!

–Espera haber podido resolverlo todo para entonces y cuando él vuelva se van a casar. En realidad, creo que espera casarse allí –Maggie logró parecer esperanzada ante esa posibilidad.

–¿Dónde?

–En Alemania.

Esa vez, cuando Harry le dio un golpecito en la oreja, ni se enteró.

–¿Alemania?

–Por favor, baje la voz –le dijo el celador.

–No me digas que Misty está en Alemania.

Maggie se encogió de hombros.

–Sí. Bueno, primero se fue a Londres, pero después fue Alemania, sí. Devin tiene un permiso de dos semanas.

–¿Y no quería ver a su hijo?

–Eh, creo que no sabe nada de lo de Harry.

–¡Por Dios!

–¡Señor!

–Lo siento mucho, cariño –le dijo Maggie, disculpándose.

Yiannis respiró hondo.

–No tiene importancia –le dijo, mintiendo, porque al fin y al cabo no era culpa de Maggie–. La llamaré. Haré que vuelva.

–No es necesario. Ya me he ocupado de eso.

–No vas a estar solo –añadió, sonriendo–. Cat está en camino.

Yiannis puso los ojos en blanco. Justo cuando creía que las cosas ya no podían empeorar más... Abrió la boca para protestar justo en el momento en que las puertas del ascensor empezaron a cerrarse de nuevo.

–Estará encantada de verte –le prometió Maggie justo antes de que se cerraran del todo.

¿Encantada de verle? Probablemente sería lo contrario. Catriona McLean era al mujer más sexy que jamás había conocido. Era la nieta de verdad de Maggie, la nieta responsable... Y no podía verlo ni en pintura.

Tomar un avión hubiera sido mucho más rápido. La hora de vuelo entre San Francisco y Orange County, incluso con toda la espera en los aeropuertos, la hubiera llevado junto a su abuela mucho antes. Pero iba a necesitar el coche cuando llegara a Balboa. El sur de California no estaba hecho para aquellos que dependían del transporte público. Su abuela le había dicho que no la operaban hasta el día siguiente por la mañana, así que llegaría con tiempo, aunque hubiera tenido que salir después del trabajo. Además, no era cuestión de vida o muerte.

Todavía no. Cat respiró hondo y se concentró en la carretera. Su abuela no se estaba muriendo. Se había caído. Se había roto la cadera. Mucha gente se rompía la cadera y se recuperaba. Pero la mayoría no tenía ochenta y cinco años.

—La abuela está muy joven para tener ochenta y cinco —dijo en alto, como si decirlo así lo convirtiera en realidad.

No podía soportar la idea de perder a su abuela. Normalmente, nunca pensaba en esas cosas. Su abuela siempre parecía igual que siempre, ni más vieja ni más joven que veintiún años antes, cuando había vivido con ella. Margaret Newell siempre había sido una mujer fuerte y saludable. No le había quedado más remedio que serlo para poder ocuparse de una huérfana cascarrabias de siete años de edad. Y seguía siendo fuerte. Solo se había roto la cadera.

—Estará bien —se dijo Cat en alto de nuevo—. Muy bien.

Pero aunque lo dijera así, temía que las cosas hubieran empezado a cambiar. El tiempo iba en su contra. Y algún día, estuviera lista o no, se le acabaría. No obstante, lo mejor era no pensar mucho en ello. No quería pensar en ello. De repente oyó un ruido extraño proveniente del motor de su Chevy de quince años. Normalmente no dependía del coche como primera opción. En San Francisco no le hacía falta. Siempre tomaba el autobús o Adam, su prometido, la llevaba adonde necesitaba ir. Tenía pensado cambiarle las ruedas antes de bajar a ver a su abuela en Semana Santa, pero todavía faltaba un mes para las vacaciones, así que no las tenía todavía. Además, esperaba que Adam la acompañara. Así podría posponer el cambio un poco más. Sin embargo, sabía que debía haberlas cambiado la semana anterior. Debería haber sido más previsora.

Cat golpeó el volante con ambas manos.

—No te mueras —dijo, aunque solo pudieran oírla Huxtable y Bascombe, sus dos gatos, que dormían en el asiento de atrás—. Estarás bien —siguió hablando como si su abuela estuviera con ella, escuchando. Puso todo el entusiasmo posible en sus palabras, pero los gatos siguieron ignorándola—. No va a pasar nada, abuela —añadió con firmeza, pero la voz le falló y entonces supo que no era capaz de convencer a nadie.

Pero siguió practicando durante todo el camino, hasta llegar al sur de California. Si sonaba convincente, ambas terminarían creyéndoselo. Ese era el truco.

«Puedes hacerlo», le había dicho su abuela muchos años antes.

«Si suenas convincente...».

Y Cat sabía que era verdad. Recordaba aquellos primeros meses después de la muerte de sus padres, con la abuela y con Walter. Aquella niña furiosa con el mundo... Odiaba a toda la gente y estaba segura de que jamás volvería a ser feliz. La abuela había estado a su lado todo el tiempo. Se había esforzado por hacerle ver el lado bueno a las cosas.

—¿Qué lado bueno? —le decía ella.

—Tienes unos abuelos que te quieren más que a nada

en el mundo –le había dicho su abuela, totalmente convencida.

Cat no estaba tan segura por aquel entonces. Podía ser verdad, pero aquello no parecía mucho comparado con lo que había perdido al morir sus padres. No obstante, también sabía que su abuela tenía que estar muy triste también. Si ella había perdido a sus padres, su abuela había perdido a su única hija y a su yerno. Además, de repente se había tenido que ver las caras con una niña respondona y rebelde. La abuela solía estrecharla entre sus brazos y entonces le decía...

«Vamos a cantar».

–¿Cantar? –repetía Cat.

La abuela asentía, sonriendo, y se secaba las lágrimas.

–Hay mucho que aprender de las comedias musicales.

Cat no sabía lo que era una comedia musical. Se sentaba, enfurruñada y tensa, pero la abuela insistía. No tenía una buena voz, pero sí tenía todo el entusiasmo del mundo. Cantaba *Whistle a Happy Tune*, y después cantaba *Put on a Happy Face*. Sonreía y le daba un beso en la nariz. Y entonces cantaba *Belly Up to the Bar, Boys*. Todo era tan absurdo que no podía evitar reírse, por muy enfadada que estuviera. Y la abuela la abrazaba con más fuerza, y entonces ella se echaba a llorar, riendo al mismo tiempo. Cat todavía podía sentir el calor de sus brazos... Cómo hubiera deseado tenerla a su lado en ese momento, abrazarse a ella...

–Todo estará bien –le había dicho a su abuela por teléfono esa tarde, intentando no llorar–. No solo vamos a cantar, sino también a bailar –le había dicho–. Estarás bailando enseguida.

Podía imaginársela bailando... Sonrió y se enjugó las lágrimas que no había derramado.

La abuela tenía razón. Había que sonar convincente. Y funcionaba. Cat sabía que era así. Por lo menos en esos casos, cuando el resultado dependía de ella misma. Si las canciones no habían funcionado algunas veces, solo ella había sido la culpable, porque se había atrevido a creer en algo que no podía controlar. Canturreando *Whistle a Happy Tune* había hecho muchos amigos en su nuevo colegio y en su tropa de Girl Scouts. «Climb every mountain» la había ayudado a superar sus problemas con las clases de natación y con la clase de discurso oral de octavo curso. *Put on a Happy Face* le había arrancado una sonrisa en los peores momentos de miseria adolescente. Y si *Some Enchanted Evening* le había fallado, no era culpa de la canción. Había sido culpa del hombre. Ella había amado. Pero su amor no había sido correspondido, así que había aprendido la lección. Sin embargo, todo había quedado atrás por fin. Tenía a Adam, que realmente quería casarse con ella, que sonreía con indulgencia, sacudía la cabeza y le decía cosas bonitas... Adam trabajaba en un banco; era un banquero muy serio. Era un hombre en quien se podía confiar, alguien de quien podía depender, el hombre ideal con el que empezar una familia. Y eso era lo que más deseaba ella. Una familia... Estiró los hombros para desentumecerlos un poco. Bascombe maulló y asomó la cabeza entre los dos asientos delanteros. Se preguntaba si sabía que volvían a casa. Había nacido en la isla de Balboa y había pasado sus dos primeros años allí. Por fin estaban al sur de Los Ángeles, dirigiéndose hacia Newport y la playa. Ya eran más de la una de la madrugada y estaba cansada. Solo había parado en King City para repostar. Bostezó con tanta fuerza que la mandíbula le hizo un ruido extraño.

–Ya casi hemos llegado –le dijo a Baz.

Pero en cuanto dijo las palabras, el estómago se le agarrotó. Un aluvión de recuerdos caía sobre ella. En otra época había soñado con formar una familia y hacer un hogar de la casa de su abuela... Sueños locos. Ya no iba a poder hacerlo. Ya no.

–No sigas por ese camino –se dijo a sí misma.

Porque cada vez que lo hacía, pensaba en Yiannis Savas. Se enfadaba, empezaba a atormentarse... Y no quería dar media vuelta. Durante más de dos años no había hecho más que eso, mantenerse lejos de él. Pero esa vez no podía huir, porque la abuela la necesitaba. Tenía que tragarse el orgullo y comportarse como la mujer adulta que era. Ya era hora de olvidar a aquella chiquilla alocada que tenía la cabeza en las nubes, o en las letras de las canciones que solo le habían causado dolor. Decidida, subió el volumen de la radio y sintonizó una emisora de heavy metal. Baz protestó.

–Lo siento –lo necesitaba desesperadamente, para no oír sus propios pensamientos.

Normalmente, cuando iba a visitar a su abuela, procuraba llegar cuando él no estuviera en la casa, o mejor aún, cuando no estaba en el país. Pero esa vez no iba a tener tanta suerte. Cuando la abuela la había llamado le había dicho que Yiannis la había llevado al hospital. Se había portado muy bien con ella, como siempre... Solo tenía palabras bonitas para él.

«Ha sido muy amable conmigo... Se está ocupando de todo hasta que llegues...», le había dicho. No había llegado a decirle a qué se refería con «todo», no obstante.

«Pero sé que le ayudarás cuando llegues», había añadido su abuela con confianza.

Esas palabras le habían puesto los pelos de punta. ¿Ayudar a Yiannis? Era muy poco probable. Lo que hubiera que hacer lo haría ella. Llegaría, se ocuparía de todo y ya no tendría que volver a verle. Ese era el mejor plan para ella, y para él. No la querría cerca, haciéndose ideas raras como la última vez. Cat sintió un escozor en las mejillas.

—Le dije que le ayudarías —le había dicho la abuela con firmeza al ver que ella no contestaba.

Pero Cat no iba a decirle lo que estaba pensando. No era la clase de cosa que se le decía a una anciana de ochenta y cinco años a la que estaban a punto de operar.

—¿Es que no podía quedarse hasta que te instalaras en el hospital? —le preguntó.

A Yiannis no le iba mucho el compromiso. Ni siquiera para dos horas solamente.

—Acaba de llegar de Malasia. Está exhausto. Necesita descansar.

La abuela siempre pensaba lo mejor de él.

Cat soltó el aliento con fuerza. Sabía que Yiannis trabajaba, pero también sabía que jugaba... mucho. Normalmente siempre que le veía estaba «jugando», ligando con mujeres, adulándolas, poniéndoles crema solar en la espalda, besándolas, haciendo que se enamoraran de él. Y después iba a por la siguiente.

Agarró con más fuerza el volante.

«Pobre Yiannis...», pensó, molesta. Sí. Tenía que estar exhausto. Pero, si estaba en la cama en ese momento, casi seguro que no estaba durmiendo. Cuando por fin llegó a la isla, las calles estaban desiertas. Incluso los bares estaban cerrados. Normalmente le llevaba un buen rato abrirse camino por las concurridas calles de Balboa para llegar a la casa de su abuela, pero ese día no. En cuestión de minutos ya tenía el coche aparcado. Todas las luces de la casa de Yiannis estaban apagadas, pero por detrás, justo encima del garaje, había una luz encendida en el salón de la abuela. Por lo visto, el señor Savas la había dejado encendida para ella. Abrió la puerta del coche... Todo estaba tan silencioso que podía oír el ruido de las olas rompiendo contra la orilla. Bajó, estiró un poco sus doloridos músculos y respiró el aire húmedo y salado. Moviendo un poco sus agarrotados hombros, abrió la puerta de atrás y sacó a los dos gatos. Pasando de largo por delante de la casa de Yiannis, atravesó el jardín y se dirigió hacia las escaleras que llevaban al apartamento del garaje. Abrió la puerta de la abuela y metió a los gatos dentro. Después fue a por el equipaje. Mientras lo subía por las escaleras, trató de imaginarse cómo iba su abuela a subirlas de nuevo alguna vez. Otra cosa en la que no quería pensar... Finalmente llegó al pequeño porche, abrió la puerta de par en par y metió las maletas dentro. Los gatos fueron hacia ella y se le enredaron entre los tobillos, maullando y ronroneando.

–Comida –dijo ella, captando el mensaje. Sacó una lata y un cuenco de una de las maletas y les preparó un aperitivo.

Mientras los animales comían, llenó el pequeño contenedor de basura que la abuela guardaba para los gatitos. Cuando terminó, Hux y Baz habían vuelto, pidiendo más comida.

–Mañana –les dijo con firmeza–. Ahora id a dormir un poquito.

Los mininos ronronearon un poco más, pero ella los ignoró por completo. Estaba demasiado cansada para pensar. Tenía un pitido en la cabeza, los ojos inflamados. Por lo menos esa noche, con la abuela en el hospital, no tendría que dormir en el sofá. Fue al cuarto de baño y se quitó la ropa, quedándose en camiseta y braguitas. Se lavó los dientes, se miró en el espejo... Tenía los ojos inyectados en sangre. Y entonces, bostezando, incapaz de mantener los ojos abiertos por más tiempo, abrió la puerta del dormitorio, encendió la luz...

Y se paró en seco.

Yiannis... y el bebé... estaban dormidos en la cama de la abuela.

Capítulo 2

TÚ!

Al oír aquel grito de indignación, Yiannis sintió una luz cegadora y se cubrió los ojos con la mano. Arrugando los párpados, trató de recordar dónde estaba. Levantó la cabeza y vio dos cosas; un bebé dormido y Catriona McLean, en ropa interior, mirándole boquiabierta desde la puerta. Él también se le quedó mirando, sorprendido y cegado. Por suerte, fue capaz de mantener la otra mano sobre la espalda del pequeño, que ya empezaba a moverse.

–Apaga la maldita luz –le dijo en un tono enérgico.

–¿Qué? –Cat no se movió.

Harry gimió.

–Apaga la maldita luz.

Yiannis se hubiera levantado y lo hubiera hecho él mismo, pero no quería despertar del todo al bebé.

–A menos que... –añadió–. A menos que quieras que empiece a llorar. De nuevo.

Después de tres horas de continuo llanto, el niño se había callado por fin un rato antes, y lo último que quería era que empezara de nuevo. Tenía los músculos agarrotados, en tensión. Solo había conseguido que se callara sacándole una hoja del libro de su hermano Theo y acurrucándole sobre su pecho. Eso, por lo menos, sí que había funcionado. Por fin, Cat hizo lo que le pedía.

La luz se apagó. Pero todavía podía ver la silueta de esas gloriosas curvas en el umbral.

–¿Qué estás haciendo en el dormitorio de la abuela? –le preguntó ella.

–Adivina –le dijo él, cada vez más molesto–. Y cierra la puerta. Me iré en cuanto me aseguré de que está dormido.

–Oh.

Aquel sonido, a medio camino entre un suspiro de exasperación y otro de desprecio, llevaba consigo muchas dudas. Pero por lo menos cerró la puerta y se quedó al otro lado de ella.

Yiannis apretó los dientes. De haber tenido oportunidad, hubiera cerrado los ojos y se hubiera vuelto a dormir, pero sabía que ya no podría pegar ojo. Cat volvería, más molesta de lo que estaba ya, y despertaría a Harry. Y aunque una parte de él deseaba verla sufrir a manos de un bebé enfadado, tampoco quería despertar al niño de nuevo. Suspirando, Yiannis agarró al bebé de la cintura y rodó sobre sí mismo hasta colocarle sobre el colchón. Harry balbuceó algo. Yiannis se quedó quieto. La puerta se abrió una fracción.

–¿Y bien? –susurró una voz.

Yiannis apretó los dientes.

–¡Fuera! –contuvo la respiración y esperó hasta asegurarse de que Harry seguía durmiendo. Después le acarició la cabecita, empezó a deslizarse hacia el borde de la cama... Y entonces, de repente, sintió que algo rebotaba contra la cama.

–¿Qué demonios...?

Una cabeza peluda chocó contra su hombro. Yiannis estiró la mano y se encontró con un gato. ¿Un gato? Hizo una mueca, recordando de repente. Teniendo cuidado de no hacer vibrar el colchón, se levantó despacio,

tomó al gato en brazos y se dirigió hacia la puerta casi
de puntillas. Catriona McLean se estaba poniendo unos
pantalones cortos a toda prisa. Cuando Yiannis consiguió mirarla a la cara, se encontró con unos ojos que lo
taladraban. Cerró la puerta lentamente, cruzó la habitación y le puso el gato en los brazos.

–¿Es tuyo? –le preguntó en un tono ácido.

Ella abrazó al gato y escondió el rostro en aquella
bola peluda durante unos segundos.

–Sí –dijo ella–. ¿Qué estás haciendo aquí? Tú y...
¿tu bebé? –casi empezó a tartamudear.

–No es mío.

Durante una fracción de segundo ella puso una cara
que no podía descifrar.

–¿Entonces qué haces aquí con él?

–Su cama está aquí.

–¿Su cama? –Cat parpadeó.

–Su cuna –añadió Yiannis–. ¿No la viste?

–No me he fijado. Te vi a ti... y... –gesticuló y señaló
el dormitorio.

–Harry.

Ella se quedó mirando unos segundos. Abrió la boca
y la cerró.

–¿Ha... Harry?

–Harry –Yiannis asintió.

–No...

Sacudió la cabeza y su voz se perdió momentáneamente. Su mirada se desvió un momento hacia la puerta
cerrada, y después hacia él. Abrazó al gato con más
fuerza, como si fuera una especie de escudo protector.
Pero el minino se retorció y se le escurrió de entre los
brazos. Los gatos eran así. Por eso a Yiannis le gustaban más los perros.

–¿El Harry de Misty? –le preguntó en un tono de absoluta incredulidad.

–El mismo.

Yiannis le dio unos segundos para digerir la noticia. La duda y la incredulidad no tardaron en desvanecerse y fueron reemplazados por una mirada, no de sorpresa, sino de resignación. Su rostro se tensó; se puso seria. Parecía que tenía la misma opinión que él de Misty. Por fin, algo en lo que podían estar de acuerdo...

–¿Dónde está Misty? –miró a su alrededor como si no hubiera visto a la madre de Harry.

–En Alemania.

–¿Qué? Estás de broma.

–¿Te parece que estoy bromeando?

Sus miradas se encontraron, batallaron.

Finalmente Cat aceptó la noticia y sacudió la cabeza.

–Oh, por Dios.

Parecía cansada y disgustada. Tenía el rostro pálido, y las pecas se le veían más que nunca. La indomable Catriona McLean parecía agotada. Era la primera vez que la veía así, sin la máscara fiera que siempre llevaba ante el mundo, o por lo menos ante él. De repente recordó aquel día, cuando ella le había revelado sus esperanzas. Y él había huido de ellas. No quería pensar en eso. Ni ella tampoco. Eso era evidente. Debía de haberse dado cuenta de que estaba revelando demasiado, así que se puso erguida y cruzó los brazos sobre el pecho.

–¿Qué está haciendo aquí? –le preguntó con frialdad–. Contigo.

–Estaba con tu abuela.

–¿Y Misty se ha ido a Alemania? –le preguntó, llena de dudas.

–Por lo visto, es allí donde está el padre de Harry.

Cat frunció los labios. Necesitaba unos segundos para asimilar la información. De repente tuvo el mismo pensamiento que él había tenido.

–¿Y por qué no se llevó al niño?

–Maggie me dijo que el padre de Harry no sabe que tiene un hijo.

–Así que ha ido a decírselo –Cat puso los ojos en blanco.

No era una pregunta. Suspiró y sacudió la cabeza.

–No creo que eso vaya a traer nada bueno –dijo y volvió a pensar en ello un momento–. Bueno, supongo que a ella sí que le viene bien. Así se puede librar de sus responsabilidades durante un par de días.

–Un par de semanas –le dijo Yiannis–. Dos semanas.

–¿Qué?

–No grites. Lo vas a despertar. Eso sería lo último que querrías. Créeme.

Para sorpresa de Yiannis, ella apretó los labios y no dijo ni una palabra más. Se le quedó mirando en silencio. Y él le devolvió la mirada, preguntándose por qué lo hacía, por qué lo había hecho siempre. Catriona no era hermosa. Y tampoco era su tipo. Normalmente él se decantaba por las rubias de pelo largo y liso; chicas pequeñas con curvas a las que podía abrazar y mimar. Cat era casi tan alta como él, angulosa, pelirroja, de pelo rizado, rebelde, y tenía unos ojos verdes que escupían fuego en vez de seducir. No era su tipo en absoluto. Y sin embargo, la había deseado locamente desde el primer momento que la había visto. Y la seguía deseando... Eso era lo que más le molestaba. No quería verse asediado. No quería dejarse dominar por atracciones fatales que no llevaban a ninguna parte. Se había pasado media vida intentando mantener a raya esa clase de sentimientos. Prácticamente todas las mujeres con las que había estado le habían dicho lo mismo, y tenían razón. Tenía fobia al compromiso... Todas se preguntaban qué le había pasado para no poder implicarse por nada ni por nadie...

«No tiene fobia al compromiso. Es que es un egoísta...», le había dicho su hermana Tallie a una de ellas.

Y sus palabras eran, en esencia, verdad. Las relaciones requerían esfuerzo, conllevaban exigencias, llevaban tiempo... No estaba interesado en ninguna de esas cosas. Le gustaba disfrutar de su libertad, quería estar libre de ataduras... Y era precisamente por eso que Cat le despreciaba. Era por eso que prácticamente le aborrecía. Habían pasado tres meses juntos; una buena época... según recordaba. Nunca había congeniado tanto con una mujer como lo había hecho con Cat, en la cama y fuera de ella. Pero al final, como siempre, ella había terminado pidiéndole más de lo que podía darle... Según le había contado Maggie, por fin había encontrado a alguien... Y, al verla, no había podido evitar fijarse en su mano, para ver si llevaba un anillo.

Lo llevaba. La joya resplandecía a medida que se movía.

Yiannis apretó la mandíbula.

—Impresionante.

—¿Qué? —Cat parpadeó.

—No importa.

Ella había conseguido lo que quería. Mejor para ella. Sonriente, Yiannis se encogió de hombros.

—Bueno —le dijo—. Me voy entonces.

—¿Irte? ¡No!

La desesperación con la que le habló le hizo pararse en seco. Cat se tapó la boca con la mano, arrepentida de haber gritado tanto... Esperó un par de segundos, pero no se oyó sonido alguno en el dormitorio.

–Quiero decir que... no. No puedes irte.

–¿No puedo irme?

–Bueno, quiero decir que... no me conoce. ¡Te conoce a ti! –Cat se encogió de hombros.

–Hace quince horas tampoco me conocía a mí.

–Pero ahora sí.

–¿Y?

Las mejillas de Cat ardían por dentro y por fuera.

–No querrás que le dé un ataque cuando se despierte y se encuentre con una completa extraña, ¿no? –gesticuló con las manos.

El anillo brilló de nuevo. Yiannis arrugó los párpados.

–Quieres decir que no quieres.

Ella no lo admitió. Le lanzó una mirada vacía, frunció los labios y levantó la barbilla.

–Los niños necesitan continuidad –dijo. Escuchándose a sí misma, parecía un anuncio contra el maltrato infantil.

–¿Y quién lo dice?

–Yo trato con niños todos los días. Soy bibliotecaria.

–Entonces dile que se calle.

–No soy la bibliotecaria típica. Yo cuento cuentos con marionetas... –los ojos de Cat centellearon.

–Seguro que a Harry le encantarán.

–Te estás riendo de mí.

–No –juró él.

Aunque sí que le gustaba ver cómo le relampagueaban los ojos... Siempre le había gustado.

–Sí lo haces –le dijo ella, lanzándole una de sus miradas reprobadoras–. Pero cuando se despierte y no sepa quién soy, no será muy bueno para él.

–Creo que la vida no ha sido muy buena para Harry hasta este momento.

Cat abrió la boca. Y la cerró de nuevo. Finalmente, suspiró.

–Pobre Harry. La abuela no debería haberse hecho cargo de él.

–Y eso hubiera sido mejor porque... –Yiannis frunció el ceño.

Ella gesticuló, lanzando los brazos al aire.

–Porque a lo mejor así Misty se hubiera comportado de forma responsable, por una vez...

–Yo no estaría tan seguro.

–No. Probablemente no. Pero no sé qué hacer. ¡No puedo hacerme cargo del niño durante dos semanas! Y la abuela no va a poder tampoco.

–El número de Misty está en el cuenco con forma de gallo. A lo mejor tú tienes mejor suerte y consigues contactar con ella.

–Lo dudo. ¿Alemania? –Cat sacudió la cabeza–. No sé por qué la abuela le dijo que sí. Ni siquiera me lo dijo cuando me llamó.

–Tampoco me lo dijo a mí, hasta que tuve que traerla al hospital.

Al ver la mirada de sorpresa de Cat, Yiannis se encogió de hombros.

–Bueno, ¿qué iba a hacer? ¿Llamar a los servicios sociales y decirles que vinieran a buscar a un niño del que no podía ocuparse más?

–Claro que no, pero... –Cat hizo una pausa y pensó–. Supongo que no quería darte la oportunidad de echarte atrás.

–O no quería dártela a ti, evidentemente.

–Bueno, ¿qué vamos a hacer entonces?

–¿Qué vamos a hacer? ¿Nosotros? –Yiannis parpadeó.

–Ah, se me olvidaba. A ti no te va lo de responsabilidad, ¿verdad?

—Estoy aquí —señaló Yiannis, cada vez más molesto. Sus dardos ponzoñosos estaban haciendo efecto.

—Y te vas.

—¿Quieres que pase la noche contigo? —le preguntó, levantando las cejas.

—No. Dios me libre. Solo trato de averiguar qué es mejor para Harry.

—Bueno, yo ya he cumplido con mi parte. Maggie me dijo que te ocuparías de todo.

—¡Eso no es lo que me dijo a mí! Me dijo que debía ayudarte.

—Pero tú eres su nieta.

—¡Y tú eres su casero!

—Tú eres la tía de Harry. O la prima. O algo parecido.

—No... Técnicamente, Misty es la nieta de Walter, así que no es de mi sangre.

—Ni de la mía.

Se hizo un silencio. Yiannis podía oír cómo rompían las olas contra la orilla a medio kilómetro de distancia. Casi podía ver cómo se formaban los pensamientos en la mente de Cat, aunque no supiera cuáles eran esos pensamientos exactamente. Finalmente, ella se rindió.

—Muy bien —le dijo abruptamente—. Vete. Toma tu libertad y vete a otra parte. No esperaba otra cosa —Cat echó a andar hacia el dormitorio.

De forma instintiva, Yiannis le bloqueó el paso.

—Si necesitas que me quede, me quedo —dijo, sin saber muy bien lo que acababa de decir.

Cat se detuvo a unos centímetros de él, lo bastante cerca como para poder contarle las pecas.

—¡Yo no te necesito en absoluto! —exclamó ella, levantando las cejas de forma altiva.

—Pero tienes miedo de que Harry sí me necesite.

Ella se mesó los cabellos. El diamante que tenía en el dedo resplandeció más que nunca.

–Puede que te necesite –le dijo con reticencia–. Si estaba tan exaltado antes, ¿qué hará cuando se despierte y se encuentre con otro extraño más? Pero da igual... Tienes razón. Harry es mi responsabilidad. De entre nosotros dos, soy yo quien debería ocuparse de él. Bueno... –miró por encima del hombro de él, hacia la puerta de entrada, como si quisiera que se marchara de una vez y por todas–. Es tarde. He conducido desde San Francisco durante toda la noche. Me gustaría acostarme. Estoy cansada.

Yiannis también tenía ganas de acostarse, con ella... Pero pensar en ello no iba a hacer que pasara. Se pasó una mano por el cabello.

–Entonces será mejor que reces para que Harry no se despierte –le dijo.

–Eso espero –dijo ella–. Buenas noches –pasó por delante de él y puso una mano sobre la puerta del dormitorio–. Apaga la luz cuando te vayas.

Le acababa de echar de la casa, pero no podía moverse.

–¿Sabes algo de bebés?

Cat le miró por encima del hombro y se encogió de hombros.

–Supongo que tendré que aprender.

–A costa del pobre Harry.

–Estaremos bien. Tuve que hacer de niñera un par de veces cuando estaba en el instituto. Y tengo que tratar con niños pequeños todos los días.

–Pero Harry es algo más que un niño pequeño. Es un bebé.

–Y yo ya no soy una adolescente. Nos las apañaremos.

Yiannis lo dudaba mucho. Acababa de pasar tres horas en primera línea de batalla con Harry. Por lo menos, él sí sabía lo que tenía que hacer. Y había hecho mucho más que hacer de niñera en la vida... Harry no era un angelito. Se retorcía y se resistía cuando había que cambiarle, y podía gatear muy rápido.

–Muy bien –masculló finalmente–. Me quedo.

–¿Qué? ¡No!

–Oh, por favor. ¡Hace dos minutos no querías que me fuera!

–Exageré un poco.

–A lo mejor –le dijo él en un tono sombrío–. Pero no has visto a Harry en su salsa.

–No tienes que hacerme ningún favor.

–No te estoy haciendo ningún favor. Se lo estoy haciendo a Harry.

Cat abrió la boca para protestar, pero entonces se lo pensó mejor. Se encogió de hombros...

–Si eso es lo que quieres...

En realidad, Yiannis pensaba que necesitaba ir a visitar al psiquiatra. Quería acostarse con ella, no pasar la noche con un bebé de ocho meses. Pero no podía dejar al pobre Harry en manos de Catriona McLean. Además, fuera como fuera, ella no iba a acostarse con él. Solo había que fijarse en ese enorme anillo que no dejaba de exhibir una y otra vez. No. Lo hacía por Harry, porque ella no tenía ni idea de lo que estaba haciendo.

–Eso es lo que quiero.

–Como quieras –le dijo ella, como si el asunto le fuera totalmente indiferente–. Me prepararé el sofá entonces.

Pasó por su lado y abrió el baúl que estaba debajo de la ventana, junto al sofá. Él debería haber vuelto al dormitorio directamente, pero no lo hizo. Hizo lo que siem-

pre hacía cuando ella estaba cerca. La observó... Siempre
le había resultado de lo más tentadora, pero en ese momento era absolutamente irresistible. Sus largas piernas,
su trasero relleno... Yiannis empezó a ponerse nervioso.

«No mires...», le dijo la voz de la sensatez. Pero era
como decirse a sí mismo que debía apartarse de dos tre-
nes que estaban a punto de chocar.

No logró apartar la vista hasta que ella se incorporó
de nuevo y arrojó la sábana sobre el sofá.

–¿Qué? –le preguntó Cat, en un tono de pocos amigos.

Él se dio la vuelta abruptamente y se aclaró la garganta.

–Nada.

–Bueno, entonces... ¿qué?

En ese momento se oyó un gemido proveniente del
otro lado de la puerta.

Cat abrió los ojos.

–Quiere que vayas.

–Probablemente eche de menos a su madre.

–Entonces peor para él –dijo Cat–. ¿Qué le pasará?
¿Tendrá hambre? –le preguntó. Parecía nerviosa.

–A lo mejor. Le di su biberón a eso de las ocho.

Afortunadamente había encontrado muchos potitos
para bebé al registrar los armarios de la cocina. Debía
de ser Maggie quien había guardado provisiones para
el pequeño. Menos mal... No obstante, había preferido
llamar a su hermana Tallie, que tenía cuatro hijos, para
preguntarle qué debía darle al bebé, y con cuánta fre-
cuencia. Tallie se había echado a reír.

–¿Tienes un bebé?

–Lo estoy cuidando. Por un tiempo.

–Un momento... Ya... –le había dicho su hermana
con escepticismo.

Le había hecho una docena de preguntas, la mayoría de las cuales no sabía cómo responder. Qué tiempo tenía Harry, qué estaba acostumbrado a comer... Teniendo en cuenta lo poco que había podido decirle, sin duda ella le había dado el mejor consejo posible.

Harry no había llorado durante esas tres horas porque tuviera hambre. Había llorado y pataleado porque la vida no se estaba portando bien con él.

De pronto se oyó un quejido proveniente del dormitorio. Yiannis sabía exactamente cómo se sentía.

Llorar no era una opción. Pero Cat hubiera deseado que sí lo fuera.

La abuela se había roto la cadera, la tenían que operar al día siguiente... Era el peor escenario posible. Sin embargo, las cosas siempre podían empeorar.

No solo tenía que preocuparse de su abuela, sino también del bebé de Misty, tan irresponsable como siempre. Y para colmo de males, Yiannis Savas estaba en la otra habitación, tan guapo y atractivo como siempre. Todavía era capaz de acelerarle el pulso, de hacerla temblar, de arrebatarle la cordura.

«Maldito seas...», pensó para sí.

Una parte muy grande de ella quería meter a los gatos en el coche y regresar a San Francisco esa misma noche. Pero no podía hacerlo. Era la única familia que le quedaba a la abuela, y no podía dejarla en la estacada. Su abuela Maggie había sido su refugio, su fuente de fuerza en el peor momento de su vida. Sabía que nunca podría recompensarla por todo lo que había hecho por ella, pero por lo menos lo intentaría. No podía marcharse. Pero tampoco podía dormir. Debería haberse quedado dormida nada más caer sobre la almohada, pero en vez de eso, allí estaba, con los ojos abiertos, consciente en todo momento del hombre que estaba en la habitación contigua, dando vueltas sin parar... Y ya llevaba varias horas así...

«Duerme, duerme...», se decía a sí misma, en vano, tratando de encontrar una postura cómoda en el destartalado sofá de la abuela.

Solo podía pensar en él, en Yiannis...

Un pasatiempo inútil...

Trató de pensar en otras cosas... en el futuro de su abuela... en Harry. Tenía que hacer algo por el pobre niño, y pronto. No era que no le gustaran los bebés, pero tenía muy poca experiencia con ellos, mientras que Yiannis... Sí que parecía saber cómo ocuparse de ellos. Tendría que aprender a tener paciencia. Podía hacerlo. Llevaba muchos años teniéndola con Misty, desde que se había ido a vivir con la abuela. Misty, en cambio, nunca había llevado muy bien eso de compartir el protagonismo... Normalmente hacía lo que le daba la gana y Cat, cinco años mayor e infinitamente más responsable, se veía obligada a reparar sus destrozos... No había conocido a Harry hasta esa misma noche, cuando le había visto dormido, sobre el pecho de Yiannis.

Cat suspiró...

Jamás hubiera esperado encontrárselo así, en la cama, con un bebé en brazos. Cerró los ojos y apretó los párpados, tratando de borrar el recuerdo... Años atrás, una escena así se había dado una y otra vez en sus fantasías. Viejas esperanzas y sueños la asediaron de golpe, resucitadas por esa visión tan inesperada. El dolor también volvió...

—¡Basta! —se dijo a sí misma en voz alta y apretó los párpados.

Yiannis Savas parecía estar grabado con fuego sobre

ellos. Abrió los ojos de nuevo y se encontró cara a cara con Baz.

–¡Oh! –lo recogió y lo puso sobre el suelo suavemente.

Se incorporó y se frotó los ojos. No sirvió de mucho. Nada servía de nada. Siempre había sido así con él. Lo recordaba todo como si hubiera ocurrido el día anterior, aquella tarde en que le había visto por la calle, caminando hacia ella. Venía de la tienda de ultramarinos, con las manos llenas de bolsas, deseosa de llegar a la casa de la abuela. Pero al ver a aquel hombre increíble, había aflojado el paso, como si las bolsas no le pesaran nada. Quería verle bien...

Y él había aminorado el paso también, como si también hubiera sido víctima de ese flechazo. Si una orquesta hubiera salido del suelo y se hubiera puesto a tocar *Some Enchanted Evening,* Cat no se hubiera sorprendido en absoluto. Ni siquiera era por la tarde, pero entonces pensaba que el destino se merecía ciertas licencias poéticas. Y tampoco le faltaba imaginación. Antes de que llegara hasta ella, se lo había imaginado deteniéndose, sonriendo... Hablarían y, nada más descubrir que eran almas gemelas, él la invitaría a salir. Y entonces se iban a enamorar... Se casarían, tendrían tres hijos, un golden retriever, y vivirían felices por siempre jamás en la isla de Balboa. El problema era que había ocurrido; la primera parte, por lo menos. Él había sonreído, se había presentado... Iba a ver a su abuela, estaba interesado en comprarle la casa. La había invitado a salir. Una vez, dos veces, media docena de veces... Habían congeniado al instante. Todo había sucedido exactamente como debía ser. Había comprado la casa de la abuela. Todo era perfecto. Incluso el sexo era maravilloso. Cat sabía que había conocido al hombre con el que iba a pasar el resto de su vida... Y entonces... Todo se había roto en mil pedazos.

Al final resultó que la vida no era una serie de momentos musicales. La vida era descubrir que Yiannis era un egoísta empedernido, alérgico al compromiso verdadero, que la dejaba sola cada vez que viajaba a Singapur, o a Finlandia, o a Dar es Salaam. La vida era recibir un correo electrónico en el que le decía que había decidido pasar una semana en la playa en Goa y seguir hacia Nueva Zelanda. Y después, por supuesto, estaba Misty. Esa chica jamás había conocido a un hombre mínimamente apuesto al que no deseara. Y esa atracción se veía incrementada si el hombre en particular tenía algo que ver con ella. Lo que jamás hubiera podido imaginar era que Yiannis fuera a seguirle el juego. Pero no había lugar a dudas. La había visto en sus brazos en la playa, sentada frente a él en una mesa íntima en Swaney's Bar, o saliendo de su casa a las siete de la mañana. Una vez le había preguntado qué significaba Misty para él, y qué significaba ella...

«¿Qué significas para mí?...», había repetido él, como si nunca se le hubiera ocurrido pensar en ello antes.

«¿Qué es lo que quieres significar?», le había preguntado a continuación.

Y en ese momento Cat se había dado cuenta de que no podía echarse atrás. Era demasiado importante.

«Quiero amor. Quiero casarme. Quiero una familia», le había dicho y él se había quedado blanco como la leche.

Esa era toda la respuesta que necesitaba. Misty podía quedárselo todo para ella.

–No me acosté con Misty –le había dicho él–. Vino a recoger sus gafas. Las dejó aquí ayer y quería tenerlas antes de irse al trabajo.

Cat había albergado una pizca de esperanza, pero...

–Y no me quiero casar con Misty –Yiannis hizo una mueca al pensar en ello–. No me quiero casar con nadie. No quiero casarme –sacudió la cabeza–. No en esta vida.

La forma en que sacudió la cabeza y la mirada sincera de sus ojos hablaban por sí solas. Cat no necesitaba que se lo dijeran más claro. Sintió un peso muerto en el estómago, pero consiguió decir:

–Gracias –dio media vuelta y se marchó.

–No estás enfadada, ¿no? –le dijo Yiannis.

Pero ella no se dio la vuelta.

–Claro que no –mortificada, humillada, siguió adelante.

–Bien. ¿Quieres que pidamos una pizza luego?

No... Le había dicho que no. Todavía podía recordar la furia y la humillación que la había recorrido una y otra vez, como las olas en un mar embravecido. Le había hablado de hijos, de una familia, y él le había preguntado si quería que pidieran una pizza.

Adiós a los castillos en el aire, al amor eterno, a los sueños más disparatados. Adiós a Yiannis Savas. Poco más de tres meses más tarde, Cat aceptó un trabajo en una biblioteca de San Francisco. A la abuela no le hizo mucha gracia, pero Cat se mantuvo firme. Poner cientos de kilómetros de distancia era lo mejor, la única opción sensata para no pensar en ese hombre que no tenía interés verdadero en ella. Su estupidez seguiría siendo un secreto, solo suyo, y de nadie más. Y había tenido mucho cuidado desde entonces. Él no había dejado de ser guapo, ni irresistible. Y aunque estuviera comprometida, con un hombre que deseaba las mismas cosas que ella, cada vez que veía a Yiannis Savas la estúpida letra de aquella canción empezaba a sonar en su cabeza como un disco rayado. Con solo verlo esa noche, dormido en la cama de la abuela, con Harry sobre el pecho, el corazón le había dado un vuelco. Aquellas viejas fantasías de cuento de hada no habían desaparecido, después de todo.

Furiosa, Cat se dio la vuelta con tanto ímpetu sobre el sofá, que terminó aterrizando en el suelo.

—¡Oh, Dios! —haciendo una mueca, trató de ponerse en pie haciendo el menor ruido posible y se quedó quieta, conteniendo la respiración.

Harry podía echarse a llorar en cualquier momento, o algo peor... Yiannis podía aparecer en la puerta y preguntarle qué demonios estaba haciendo. Pasó un minuto, dos... Siguió quieta. Al otro lado de la pared, se oyó un gemido, pero no se oyeron pasos. Respiró de nuevo. Rodó sobre sí misma con cuidado y cambió de lado. Los gemidos se hacían cada vez más fuertes, no obstante. Harry estaba empezando a llorar. La puerta del dormitorio se abrió. Yiannis salió rápidamente y cerró la puerta detrás de él. El llanto continuó. ¿Acaso iba a irse así sin más y dejarla sola con un bebé que lloraba? No encendió la luz. Atravesó el salón con sigilo, sin siquiera mirarla. Conteniendo la respiración, Cat esperó. Casi esperaba que abriera la puerta de la calle y se marchara. Pero en vez de hacer tal cosa, Yiannis abrió la nevera. Con la luz de la misma, Cat pudo ver su perfil, el pelo alborotado que le caía sobre la frente, su torso musculoso, sus piernas bien formadas y fuertes... Sacó un biberón, cerró la puerta del frigorífico y abrió el grifo de la cocina. Cat levantó la cabeza lo justo para ver por encima del reposabrazos del sofá. Sabía que debía cerrar los ojos. Estaba prometida. Tenía un futuro, y no incluía a Yiannis Savas.

Pero verle con ese biberón en la mano era una imagen demasiado impactante como para cerrarlos.

–¿Quieres dárselo tú? –preguntó él de repente.

Cat dio un salto. Trató de fingir que su pregunta la había despertado, en vano.

–¿Qué...?

Se levantó sobre un codo y miró hacia él.

–Me has despertado –le dijo, intentando sonar adormilada.

–Ya.

Claramente él no la creía, y con Harry llorando cada vez más fuerte, era inútil seguir fingiendo. Yiannis cerró el grifo y se echó un poquito de líquido del biberón en el brazo.

–Pareces todo un profesional –Cat no pudo evitar decirlo.

–He tenido que darle de comer a unos cuantos.

Yiannis llevó la botella de vuelta al salón, pero al ver que ella no tenía intención de ofrecerse voluntaria para alimentar al niño, se encogió de hombros.

–Disfrutando de un sueño reparador –le dijo con sarcasmo y siguió de largo.

La puerta del dormitorio se abrió. El llanto de Harry ya era ensordecedor. Se volvió a cerrar y el sonido se aplacó. Unos minutos después el llanto desconsolado cesó de golpe. Se oía algún hipo que otro, y suspiros... De repente oyó a Yiannis, murmurando algo... Era aquella voz profunda y cálida que recordaba, la voz con la que le hablaba cuando estaban en la cama. Susurros, sugerencias, palabras bonitas... Cat sintió que todas las células de su cuerpo despertaban ante aquel sonido. Se quedó quieta y escuchó, los murmullos, el silencio, el ruido de las olas al romper en la orilla. Todo su cuerpo vibraba. Podía imaginarse a Harry, acurrucado en los brazos de Yiannis. Ahuyentó la imagen de su cabeza. Cerró los ojos. Pensó en la abuela, en lo que pasaría después de la operación. Pensó en Adam. Trató de imaginarse a Adam con un bebé en brazos, el bebé de los dos... Pero ese bebé hipotético no podía competir con el que tenía en la habitación contigua. Oía gemidos, gorjeos... Y después una suave voz masculina contestaba... Era como si estuvieran conversando. Yiannis y un bebé. Cat sintió que algo le apretaba la garganta. Tragó en seco, trató de poner la mente en blanco. No quería esas fantasías... Pero entonces oyó otro sonido. No. Era imposible. Su mente rechazó la idea de inmediato. Y sin embargo... Se esforzó por escuchar más. Sí. Podía oírlo muy bien. Suave, rítmico, melódico. Yiannis Savas le estaba cantando una canción de cuna...

Capítulo 3

PARA cuando se abrió la puerta, apenas unas horas más tarde, Cat ya se había levantado, se había vestido y, sobre todo, se había puesto su máscara protectora. Se había quedado despierta hasta un buen rato después de haber oído la canción de cuna, tratando de pensar en las imágenes que la misma evocaba, recordándose que Yiannis seguía siendo el mismo hombre y ella la misma mujer. Habían pasado casi cuatro años, pero ambos seguían queriendo cosas diferentes. Que fuera capaz de darle el biberón a un bebé y cantarle una canción no significaba que quisiera uno propio. Adam, en cambio, sí que lo quería. Se lo había dicho. Tenía que recordarlo.

Se había dado una ducha y se había puesto ropa adecuada para ir al hospital, unos pantalones color crudo y un top sencillo con un estampado en tonos naranjas y dorados que llamaba la atención más que su pelo. Era una especie de camuflaje. En otra época a Yiannis le encantaba acariciarle el cabello... Pero en ese momento lo llevaba sujeto con un coletero, tan apretado que casi le dolía el cuero cabelludo. Así recordaría bien que no podía volver a flaquear con él... De repente se abrió la puerta. Con una sonrisa en los labios, y completamente vestido esa vez, Yiannis salió. El bebé estaba en sus brazos. Llevaba una barba de unas horas... Cat no pudo evitar recordar aquellas mañanas deliciosas cuando estaba en la cama con él.

—Buenos días —le dijo, armándose de valor y poniendo un escudo ante esos pensamientos.

—Buenos días —masculló él, todavía adormilado.

—¿Has dormido bien? —le dijo ella, intentando mantener un tono entusiasta, quizá demasiado.

Él la miró como si quisiera fulminarla en el sitio.

—Oh, sí, claro.

Cat decidió no seguirle el juego. No iba a contestar a su provocación. No era el momento ni el lugar.

—Buenos días, Harry —dijo, concentrándose en el pequeño—. ¿Has dormido bien?

Harry sin duda sabía que le estaba hablando a él. Se volvió y escondió el rostro contra el pecho de Yiannis. Cat le hubiera hecho cosquillas en los pies, pero no quería acercarse tanto a Yiannis.

—He hecho café —se limitó a decir—. Si quieres.

A Yiannis le encantaba el café por la mañana y le había hecho una cafetera completa. Tenía que restarle importancia al asunto de alguna forma, probarse a sí misma que podía estar a su lado sin que le afectara tanto.

La sonrisa que él le lanzó, sin embargo, causó tantos estragos en los latidos de su corazón que Cat casi deseó no haber preparado el café.

—Me has caído del cielo —le dijo él. Cambió al niño de lado para poder echar el café en una taza—. Gracias —le dijo con sinceridad al tiempo que se llevaba la taza a los labios.

Harry quiso agarrarla de forma automática, pero Yiannis cambió de postura sin esfuerzo alguno y logró mantenerle lejos del café caliente. Cat arqueó las cejas.

—Se te da muy bien.

—¿Se me da muy bien servir café? —le preguntó él, perplejo.

–Manejar bebés.

–Tengo mucha práctica.

–¿Con todos esos niños que tienes por ahí?

–Con todos esos sobrinos, primos... –le dijo, haciendo una mueca sarcástica.

–¿En serio? –Cat sintió una punzada de envidia.

De repente se le ocurrió pensar que mientras ella estaba tan ocupada construyendo sus fantasías con él, nunca habían hablado de verdad de su familia.

–Muchos.

–Suerte que tienes.

Él dejó escapar una especie de gruñido.

–Siempre y cuando sean de otra persona.

No. Definitivamente no había cambiado nada. Pero, le gustaran o no los niños, sí tenía muy buena mano con ellos. Se movía con facilidad por la cocina. Buscó un biberón para Harry, lo llenó de agua y destapó con destreza una lata de leche en polvo. No tuvo problemas con Harry hasta que empezó a echar cucharadas del polvo dentro del biberón, momento en el que el niño empezó a retorcerse. Cat se alegró de ver que su pericia sí conocía límites al fin y al cabo.

–Déjame a mí –le dijo, levantándose y echando las cucharadas.

Sus dedos se rozaron momentáneamente. Cat sintió un cosquilleo de inmediato. La reacción era tan instantánea que el momento parecía sacado de una novela romántica. Sin el héroe de la historia... evidentemente. Se puso un poco nerviosa y la cuchara se le escurrió de entre las manos, aterrizando sobre la encimera con un pequeño estruendo. Él volvió a dársela.

Sintiéndose como una completa idiota, Cat volvió a meterla en la lata.

–¿Cuántas más?

–Tres.

Él la observó mientras echaba las cucharadas en el biberón. Estaba tan cerca que podía sentir el calor que manaba de su cuerpo varonil, de su piel.

–Ve a sentarte –le dijo ella al terminar.

Sacudió el biberón con fuerza, dándole la espalda todavía. De repente una mano se coló por un lado para abrir un cajón que estaba delante de ella. Cat se sobresaltó.

–¿Qué ha...?

–Solo quiero buscar una cuchara –le dijo él en un tono tranquilo, paciente; un tono que resultaba de lo más irritante–. Tengo que darle de comer.

–El biberón.

–Eso también.

Sacó la cuchara. Esa vez Cat se las arregló para no dar un salto, pero sí sintió un gran alivio cuando él agarró un tarro de melocotones y fue a sentarse frente a la mesa.

–Creo que hay una especie de silla alta en el armario –le dijo Cat–. Se ancla a la mesa. La he visto antes. Por lo visto, Misty la dejó aquí para no tener que subir y bajar una silla constantemente. Imagino que trae mucho al niño a casa de la abuela.

Cruzó la habitación y abrió el armario de los utensilios de limpieza.

–Aquí está –sacó una especie de silla plegable de lona y metal. Sabía que no podía ser difícil averiguar el mecanismo de apertura, pero tampoco parecía muy obvio.

–Dámela –Yiannis se la quitó de las manos y, al mismo tiempo, le entregó al niño.

–¡Qué...!

Harry era más pesado de lo que pensaba y se retorcía

sin cesar. Casi se le cayó al suelo, pero finalmente consiguió sujetarle contra la cintura. Tal y como le había dicho a Yiannis la noche anterior, estaba acostumbrada a niños un poco mayores.

Yiannis abrió y enganchó la silla a la mesa en un abrir y cerrar de ojos. Cat trató de no dejarse impresionar. Harry se movía sin parar y se volvió para ver quién le sujetaba. Empezó a tirarle del pelo, soltándole algunos mechones de la coleta.

—¡Ah!

Yiannis levantó la vista y sonrió de oreja a oreja.

—Otro como yo.

Con la cara ardiendo de vergüenza al recordar lo mucho que le había gustado sentir las manos de Yiannis en el cabello, Cat trató de quitarse las manitas del niño de la cabeza.

—Déjame.

Antes de que pudiera protestar, unos poderosos dedos masculinos se cernieron sobre la pequeña manita del niño y le hicieron aflojar un poco. Sintió el roce de sus nudillos en la mejilla...

Cat trató de permanecer inmóvil, en calma... Casi lo consiguió... Los ojos de Yiannis se encontraron con los suyos. Podía ver deseo en ellos. Solo podía esperar que él no viera nada en los suyos.

—Oh, bien. Tienes una silla, Harry —le dijo al pequeño y fue a ponerle en la silla, pero Yiannis se lo quitó de los brazos y le ancló a la silla que había fijado a la mesa.

Harry pareció sorprendido y entonces, como si acabara de recordar lo que pasaba cuando se sentaba en la silla, sonrió de oreja a oreja y empezó a aporrear la mesa.

—¿Dónde está mi comida? —dijo Yiannis, sonriente.

Le alborotó el pelo, se sentó a su lado y empezó a darle pedacitos de melocotón con la cuchara. Por un momento, Cat no pudo hacer otra cosa que observar, y suspirar con disimulo.

—Yo lo hago —dijo de repente—. Puedes irte.

—No vas a apagar ningún fuego. ¿Qué prisa tienes? Como solía decir mi abuela —Yiannis arqueó una ceja y la desafió con una mirada.

—Seguro que estás ocupado. Tendrás muchas cosas que hacer hoy.

—Sí —dijo él, pero no dejó de alimentar a Harry.

Cat frunció el ceño y cambió el pie de apoyo.

—Y te agradezco mucho que cuidaras de él ayer y... anoche —añadió con vergüenza—. Pero no quiero robarte más tiempo.

—¿No? —Yiannis arqueó una ceja. Otro desafío. Uno que no era capaz de entender.

—No.

—¿No vas a ir al hospital?

—Claro que voy a ir. A las nueve operan a la abuela. Tengo que terminar de darle la comida a Harry, cambiarle y ponerme en marcha —Cat miró el reloj—. Pronto. ¿Harry tiene pañales?

—Supongo. Tiene muchas cosas —Yiannis le dio otra cucharada—. Pero no puede ir contigo.

—¿Qué? ¿Por qué no? ¡Soy perfectamente capaz de cuidar de él! —Cat se puso a la defensiva de inmediato, indignada.

—No pueden entrar niños.

Ella se le quedó mirando.

—¿Qué?

—No pueden entrar niños de menos de catorce años. Por las enfermedades infecciosas. La gripe, esas cosas...

—Tiene que ser una broma —dijo ella, pero mientras

lo decía, se dio cuenta de que él hablaba muy en serio–. No me había dado cuenta...

–Yo tampoco hasta que no nos dejaron subir con Maggie ayer.

Cat abrió la boca y la cerró de nuevo. ¿Cómo iba a cuidar de Harry y acompañar a la abuela en el hospital al mismo tiempo?

–Harry puede quedarse conmigo.

–Pero tú...

Yiannis le lanzó una mirada que la retaba a discutir. Le dio otra cucharada a Harry. Y otra más.

–No quiero abusar –dijo ella, vacilante.

Él se encogió de hombros.

–Estaremos bien, ¿verdad, colega? –le preguntó a Harry con una sonrisa. El niño se la devolvió.

–Bueno, gracias –dijo ella.

Yiannis ni siquiera la miró.

–Dile que la echamos de menos –dijo y siguió dándole de comer al bebé.

Claramente la estaba echando de allí...

Cuando Cat llegó al hospital cuarenta y cinco minutos más tarde, ya habían trasladado a su abuela de la cama a la camilla. Al ver entrar a su nieta, Maggie sonrió.

–Me siento como si hubiera salido de la Edad de Piedra –murmuró, levantando la mano un momento y dejándola caer al instante.

Cat se rio, pero no pudo evitar preocuparse. Su abuela, siempre tan energética y vital, estaba pálida, exhausta. Probablemente estaba sedada y por lo menos había sonreído un poco, pero Cat no estaba muy positiva. No obstante, decidió poner una buena banda sonora a la situación para animarse un poco. *Whistle a Happy Tune* empezó a sonar en su cabeza.

—La próxima vez que haya un musical, puedes presentarte al casting —le dijo Cat, gastándole una broma con los musicales que tanto le gustaban.

Le agarró la mano. Estaba mucho más fría que de costumbre y su piel parecía de papel de cebolla.

La anciana sonrió y le tocó la mejilla con suavidad. Después sacudió la cabeza.

—Creo que este año no voy a poder cantar el número principal —dijo con tristeza. Miró hacia la puerta—. ¿Dónde está Adam?

—¿Adam? —Cat parpadeó, sorprendida y miró por encima del hombro como si fuera a verlo en cualquier momento.

Adam no le caía especialmente bien a la abuela... Pero Cat no sabía por qué.

—En el trabajo, supongo.

—¿No vino?

—¿Querías que viniera? —le preguntó, sorprendida.

—Claro que no —contestó Maggie—. Pero pensé que tú sí querrías que viniera.

—Yo... Bueno, por supuesto. Me hubiera gustado mucho que hubiera venido, pero no puede irse así como así.

El trabajo de Adam era muy exigente y su jornada era muy larga.

—Además, no sabía cuándo volvería. Le dije que llamaría y que le mantendría informado, lo cual me recuerda... —dijo, mirando fijamente a su abuela—. Cuando hablamos ayer, no mencionaste a Harry.

—Ah —dijo la abuela, cerrando los ojos—. Harry —una sonrisa se asomó en sus labios.

Al ver esa sonrisa, Cat no pudo mantener la boca cerrada.

–¡No puedo creer que dejaras que Misty te lo dejara aquí!

La abuela no abrió los ojos.

–Va a hablar con Devin.

–Eso he oído. Pero no es excusa.

–¿En serio? –exclamó Maggie, arqueando las cejas sin abrir los ojos–. Yo pensaba que era bastante buena.

Cat apretó los dientes. Sabía que su abuela dejaba que Misty se saliera con la suya, pero no podía creer que aprobara su comportamiento en el fondo.

–Se aprovecha.

–Bueno, sí, pero es que...

–Ella es así –dijo Cat, terminándole la frase, todavía molesta.

Eso le decía siempre su abuela.

–Pero no significa que esté bien.

–Espero que no la pagues con Harry.

–Claro que no.

–O con Yiannis –Maggie abrió los ojos, claros, azules y penetrantes.

–Yiannis está bien. Harry y él son uña y carne.

La abuela sonrió.

–Lo sabía –cruzó las manos justo por debajo del pecho y cerró los ojos.

–Para –dijo Cat–. Pareces un cadáver.

Maggie se echó a reír.

–Todavía no he llegado a eso.

–Bien –Cat tomó las dos manos de su abuela y las apretó con fuerza–. Tienes que ponerte bien. Eres todo lo que tengo –las emociones que intentaba suprimir, afloraban de repente con toda su fuerza.

–Pensaba que habías pillado bien a Adam –dijo la abuela de repente–. ¿Dónde está Harry ahora? –añadió, sin darle tiempo a replicar.

–Con Yiannis –dijo Cat en un tono tenso.

–Ah –Maggie cerró los ojos. Su voz se volvió suave y adormilada de nuevo. Sonrió, satisfecha y serena–. Deberías casarte con un hombre como él.

–Yiannis no está interesado en casarse con nadie –dijo Cat con contundencia.

La abuela abrió los ojos de golpe.

–¿Habéis hablado de ello?

Cat se encogió de hombros.

–Me lo mencionó de pasada.

La abuela sabía que habían salido un par de veces, pero ella nunca había compartido sus esperanzas y sueños con ella. Además, después de llevar años viviendo en el apartamento del garaje, debería haber sabido que él había salido un par de veces prácticamente con todas las mujeres del sur de California y que no estaba interesado en una relación seria.

–A lo mejor deberíais volver a hablar de ello.

O a lo mejor no...

–Te veo en la sala de recuperación –le dijo, inclinándose para darle un beso–. Te quiero. Y cantaré una canción alegre para ti.

Pero no iba a hablar de matrimonio con Yiannis. Había ciertas conversaciones que no podían ir mejor la segunda vez.

–¿Reunión familiar?

Yiannis pudo sentir la palabra «no» formándose en su boca casi al mismo tiempo que repetía lo que su madre acababa de decirle. Pero las negativas directas no solían tener mucho éxito con Malena Savas, así que intentó dar unos cuantos rodeos.

–Creo que no voy a poder.

Sosteniendo el teléfono entre la oreja y el hombro, se inclinó por debajo de la mesa de la cocina para agarrar a Harry, que no dejaba de moverse, antes de que fuera a meter los dedos en un enchufe.

—Por eso te llamo pronto, para darte más tiempo. Así puedes asegurarte de tener el fin de semana libre —su madre sonaba entusiasta y feliz, pero su voz también albergaba ese tono de advertencia que todos sus hijos podían reconocer fácilmente. Yiannis, sin embargo, no se había pasado media vida esquivando sus trampas para dejarse atrapar a esas alturas. No era que no disfrutara de la compañía de su familia. Sí que lo hacía, pero de forma individual. No le gustaban las multitudes. Y toda su familia junta era precisamente eso, una multitud.

—¿Cuándo es?

Después de un intento frustrado de electrocución, Harry estaba intentando meterle los dedos en los ojos a Yiannis. Este trató de quitárselo de encima, pero Harry se reía.

—El fin de semana del Día de la Madre. ¿Qué es ese ruido?

—Es el lavavajillas.

—Suena como un niño. Un bebé, balbuceando —su voz se alegró al instante—. ¿Yiannis? ¿Hay algo que quieras decirme?

—Sí. Que no sé si puedo ir ese fin de semana.

Malena dejó escapar un gruñido de protesta.

—Escogí ese día precisamente porque tu padre va a estar aquí.

Socrates había tenido un ataque al corazón antes de Navidad, pero había vuelto a su ajetreada rutina poco después, sin perder ni un momento. Yiannis sabía que su madre no estaba muy contenta con ello, pero no le había quedado más remedio que acostumbrarse.

–Y... Además, si venís todos a la reunión, será una forma de demostrarle a vuestra madre lo mucho que la queréis.

–Bueno, ya empezamos con esas.

Su madre suspiró afectadamente.

–Si prefieres verlo así...

–Te quiero.

–Sí, lo sé. Y no te gustan las aglomeraciones –dijo las palabras en un tono cantarín que le dejaba muy claro que ya lo había oído antes y que no aceptaba un «no» por respuesta–. No es una aglomeración. Son tu familia.

La aglomeración de la que no se podía librar por mucho que lo intentara.

–Y solo quieren...

–Lo mejor para mí –dijo Yiannis, terminando la frase de siempre. También podría haber puesto el mismo tono de voz. Era casi un refrán.

–Sí.

–A lo mejor. Pero también quieren mi casa para las vacaciones de primavera. Quieren traer a amigos y pasarse todo el verano en la playa. Quieren que sea el padrino de sus hijos.

–Deberías sentirte halagado.

–Estoy encantado –le dijo él entre dientes.

Harry le metió los dedos en la boca y entonces soltó una risotada cuando Yiannis se los mordisqueó.

–¡Es un bebé! ¿De quién?

–Mío no. Nadie va a hacerte abuela. Tengo que irme. Tengo una llamada en espera.

No era una mentira. Estaba entrando otra llamada.

–Estás tratando de librarte de mí.

–Estoy tratando de hacer negocios.

–¿Con el bebé?

–Tengo que dejarte, mamá. Hablamos pronto –colgó antes de darle oportunidad de decir la última palabra.

Pero mientras atendía la llamada de un fabricante de muebles de Colorado, supo que las cosas no se iban a quedar así con su madre. Malena Savas quería ver a todos sus hijos casados, dándole nietos. Y con George y Sophy juntos de nuevo, y esperando un bebé, él era la única asignatura pendiente.

–No es por mí, Yiannis, cariño –le había dicho en Navidad, cuando había ido a casa–. Es por ti. ¡Te hará muy feliz! Serás el hombre que siempre quisiste ser.

–¿Sí? ¿Y tú eres la mujer más feliz del mundo por haberte casado con papá?

Todos los hijos de los Savas sabían que estar casada con Socrates Savas no era fácil, como tampoco lo era ser su hijo. Él era un hombre trabajador, pero también era exigente, inflexible.

–Tu padre es... un desafío –le había dicho su madre, reconociéndole algo de razón–. Pero hace que la vida sea más emocionante. No habría tenido la vida que he tenido sin él.

–Es verdad –le había dicho Yiannis con acritud.

Al oír aquellas palabras, ella le había dado un manotazo.

–Quiero a tu padre, Yiannis, y aunque no siempre es un hombre fácil, es el hombre al que siempre he querido. No cambiaría mi vida por nada en el mundo.

–Eso no es por papá. Es por esos nietos que ya empiezas a ver.

Ella se había echado a reír.

–Sí, eso también. Los nietos son una bendición, Yiannis. Y los deseo para ti también.

–No, gracias. No los quiero.

–Pero los querrás.

Él había sacudido la cabeza enfáticamente.

–No tengo intención.

–Ya sabemos adónde llevan las buenas intenciones.

–¿Crees que no se puede vivir sin estar casado? –Yiannis se había reído.

–Creo que aún no has encontrado a la mujer adecuada –le había dicho ella con firmeza.

Yiannis recordaba haber tenido una súbita visión de cierta pelirroja de ojos verdes al oír esas palabras de su madre. Ironías de la vida... Cat era la única mujer que se había atrevido a mencionarle la palabra «matrimonio».

–La mujer adecuada no existe...

De vuelta al presente, Yiannis se sentó en el suelo, miró a los ojos a Harry.

–No, gracias. Estoy soltero, soy feliz y quiero seguir así.

Harry sonrió de oreja a oreja y se lanzó a los brazos de Yiannis. Que su madre pensara que el mundo sería un sitio mucho mejor si todo el mundo pasaba por el altar no significaba que tuviera razón. No iba a casarse para complacerla, ni a ella ni a nadie. Le gustaba su vida tal y como era en ese momento y no quería poner en peligro su libertad. Algunas personas, como Tallie, le llamaban egoísta. A lo mejor lo era. Pero una familia siempre implicaba un compromiso, una exigencia que él no deseaba.

«Se llevaron tus cromos de béisbol, te robaron tu tabla de surf, se comieron tu huevo de Pascua de chocolate, te mancharon de vino el abrigo...», pensó, enumerando todos los estragos que le había causado su familia a lo largo del tiempo.

Una reunión familiar en el Día de la Madre. Las cosas no podían empeorar mucho.

–No te cases –le dijo a Harry con contundencia–. No importa lo que te digan.

Harry le metió un dedo en el ojo.

Cat no sabía mucho de la relatividad, pero no necesitaba estudiar Física para saber que el tiempo era relativo. Llevaba un buen rato caminando de un lado a otro en la sala de espera del hospital, sentándose de vez en cuando, frotándose las manos... La espera era agotadora.

¿Cuánto más podía durar la operación?

–Vendré a hablar con usted cuando terminemos –le había dicho el doctor Singh, sonriente.

De eso hacía tres horas, pero todavía no había salido del quirófano. Ya habían llamado a muchos para hablar con el médico sobre los pacientes por los que esperaban. Unos cuantos se habían marchado ya... Todos parecían ir en grupos, acompañados...

Todos menos ella. Cat deambulaba de un lado a otro y se chasqueaba los nudillos. Se mordía las uñas y rezaba. Cuando el móvil le sonó por fin, contestó de inmediato. Le habían dicho que la llamarían en cuanto el médico pudiera verla.

–¿Sí?

–Hola.

Era Adam.

Cat sintió que el aire se le escapaba de los pulmones.

–Hola.

–¿Estás cansada? –le preguntó Adam–. Te dije que no te fueras sola por la noche.

–Tuve que hacerlo. La abuela está en el quirófano ahora. Tiene que salir pronto.

–Estupendo. ¿Entonces vuelves esta noche?

—¿Qué? ¡No!

—Bueno, ¿cuándo regresas?

—No lo sé —Cat movió los hombros, rígidos como piedras—. Acabo de llegar. No sé cómo está. Ni tampoco sé cuánto tiempo pasará en el hospital.

—Bueno, no puedes hacer nada por ella si está allí —dijo Adam—. Y no puedes tomarte días y días libres. La gente depende de ti.

—Estoy haciendo una sustitución en la biblioteca. Y mi abuela también depende de mí.

—Claro —dijo Adam—. No lo digo por nada.

—Gracias por no decirlo por nada —le dijo Cat, molesta.

—Te echo de menos.

—Oh —su enfado remitió un poco—. Yo también —sonrió.

—¿Y qué pasa con tu vestido?

—¿Qué vestido?

—El vestido que tienes que comprar para el baile de Wanamakers.

El director general del banco de Adam daba un baile una vez al año. Era un evento muy exclusivo al que solo asistía gente importante. El año anterior había sido el primero en el que Adam había recibido una invitación, pero ese año no había ido con él. Todavía no estaban prometidos entonces. Solo hacía dos meses que se conocían, pero él se lo había contado todo, ilusionado.

Cuando se habían prometido en enero, una de las primeras cosas que él había hecho había sido invitarla al baile.

«Este año puedes venir al baile de Wanamakers conmigo», le había dicho.

—Cat, no vas a dejarme colgado, ¿no?

—¡Claro que no! ¡Nunca haría eso!

Pero en realidad apenas había reparado en el tema del baile cuando había salido hacia Los Ángeles.

–Queda una semana para el sábado, y todavía no tienes vestido –parecía claramente preocupado.

La mayoría de los hombres hubiera dado por hecho que la mujer a la que habían invitado a un evento como ese sería capaz de elegir un traje adecuado. Pero Adam no era uno de ellos.

–Tienes que estar muy elegante –le había dicho al mostrarle la invitación.

Y había una nota de duda en su voz cuando habían hablado del vestido. La había mirado de arriba abajo con ojos escépticos, examinando su atuendo de ese día en la biblioteca, una falda sencilla y una blusa vaporosa... Parecía que no se fiaba mucho de su gusto para vestir, o eso había pensado Cat.

–Claro –le había dicho ella–. Será una buena excusa para comprarme un vestido nuevo.

–Iré contigo.

Y no había podido convencerle para que no fuera, por muchos argumentos que había usado. Pero no habían ido todavía. Y no era porque él no lo hubiera sugerido. Pero cada vez que se lo decía, ella no podía, y casi se alegraba de ello. No quería tener a Adam pegado mientras iba de compras. Conseguiría un vestido, pero sola. Y sería uno con el que se sintiera cómoda, aparte de elegante. De repente vio un lado positivo a todo lo que había pasado con su abuela.

–También hay vestidos aquí –le dijo a Adam–. Echaré un vistazo.

Hubo una larga pausa.

–Supongo que tendrás que hacerlo. No puedes posponerlo hasta que regreses. Pero, recuerda, tiene que ser muy elegante. Y que no sea negro.

—¿Por qué no?

Era difícil no llamar la atención con su estatura y con el color de su pelo, así que jamás se le había pasado por la cabeza comprar algo que no fuera negro.

—Porque no es un funeral —le dijo Adam—. Es una ocasión alegre.

—Miraré algo de color —le prometió, pero no dijo que fuera a comprarlo.

—Te llamaré esta noche para ver qué has encontrado.

—A lo mejor no voy esta tarde, Adam.

—¿Por qué no?

—¡Porque la abuela está en el quirófano!

—Oh, claro. Por supuesto. Bueno, mantenme informado. Tengo una reunión ahora. Hablamos luego. Te quiero.

—Yo también —dijo Cat, pero Adam ya había colgado.

Sacó una taza de café de la máquina que estaba junto al escritorio y empezó a moverlo mientras andaba de un lado a otro. Tenía el estómago agarrotado. El sabor amargo del café la hizo hacer una mueca.

—¿Todavía sigue en el quirófano?

Cat casi tiró al suelo la taza. Se dio la vuelta rápidamente. Yiannis, con Harry sobre la cadera, estaba parado justo detrás.

—¿Qué estás haciendo aquí?

—Pensaba que ibas a llamar cuando saliera del quirófano. No lo hiciste, así que hemos venido para ver qué tal va. ¿Cómo estás tú? —le preguntó, como si eso fuera más importante.

—Estoy bien —le dijo ella, consciente de que no lo parecía—. No he llamado porque no me han llamado. No sé qué pasa. Y pensaba que no podías traer bebés al hospital.

–No puede entrar en la habitación de ella, pero puede quedarse aquí. Así que aquí estamos –la mirada que le lanzó la desafiaba a discutir–. ¿Tan nerviosa estás?

Cat tragó en seco.

–Estoy bien. Es que parece que no va a terminar nunca.

–Sí, así fue cuando operaron a mi padre del corazón.

Cat no se había enterado de eso. Pero él no le dio más detalles.

–¿Cuándo entró? ¿Cuánto tiempo te dijeron que les llevaría?

Cat se lo dijo todo sin reparos. Era agradable tener a alguien con quien compartir sus inquietudes en ese momento, aunque se tratara de Yiannis. Caminaron a lo largo del pasillo y volvieron a la sala de espera. Mientras ella hablaba, Yiannis se sirvió una taza de café y, sin preguntar, le quitó la de ella de las manos y se la rellenó. Ella ni siquiera se había dado cuenta de que se lo había terminado ya. Le dio la taza llena.

–Gracias –dijo ella, respirando el aroma del café caliente. Sonrió.

–Bien –dijo Yiannis.

–¿Bien? –Cat parpadeó.

–Es la primera vez que sonríes en todo el día –la miró con ojos serios por encima del borde de la taza.

Cat recordaba otras veces en las que la había mirado así. Esa mirada cálida, preocupada...

–¿Señorita McLean?

Cat dio un salto y se dio la vuelta de golpe. El doctor Singh estaba entrando en la sala de espera, buscándola con la mirada.

–Yo soy Catriona McLean. ¿Mi abuela está bien?

El médico asintió y ladeó la cabeza hacia una de las salas privadas que estaban al lado de la sala de espera.

–Lo estará.

Cat trató de descifrar la expresión de su rostro, pero su cara era hermética.

¿Por qué no les enseñaban a sonreír a los médicos?

–Si me acompañan usted y su marido... –dijo con cortesía–. Se lo explicaré todo.

Cat esperaba una negativa directa de Yiannis, pero no la tuvo.

–¿Quieres entrar sola? –le preguntó en cambio–. Harry y yo podemos esperar aquí.

–No –dijo ella.

Se había sentido sola durante toda la mañana. A lo mejor era una locura pasar por alto aquella pequeña confusión que la convertía en la esposa de Yiannis Savas, pero, siempre y cuando los dos tuvieran las cosas claras, no pasaba nada por dejar que el médico pensara lo que quisiera.

El doctor Singh les condujo a una estancia contigua y los invitó a tomar asiento. Yiannis se quedó de pie, detrás de ella, sosteniendo a Harry y manteniéndole entretenido mientras el médico extendía unos cuantos papeles sobre la mesa.

–Su abuela evoluciona muy bien –le dijo el médico–. Está recuperándose ahora y la dejaremos allí durante un tiempo. Tenemos que ser prudentes por su edad. Pero cuando esté lista para volver a su habitación, puede ir con ella. El bebé no.

–Lo entendemos –dijo Cat rápidamente.

El médico sonrió y entonces le enseñó una de las ilustraciones.

–Con la fractura que ha tenido, hemos tenido que ponerle una prótesis. Será más estable a largo plazo. ¿Lo ve?

De repente Cat se dio cuenta de que no le estaba hablando a ella, sino a Yiannis. Se puso rabiosa.

65

—¿Esas son ilustraciones? –preguntó Yiannis, señalando los papeles que el médico había extendido sobre la mesa.

—Sí. Les voy a mostrar lo que hemos hecho.

El médico procedió a explicarles todos los detalles, pero Cat no fue capaz de prestarle atención.

No entendía bien toda esa jerga médica, pero, sobre todo, no podía concentrarse en la explicación teniendo a Yiannis Savas justo detrás, sintiendo su aliento en la nuca...

—¿Alguna pregunta más? –la voz del médico la sacó de sus pensamientos–. ¿Señorita McLean?

—¿Qué? ¡Oh!

De repente Cat se dio cuenta de que el médico la estaba mirando como si esperara una respuesta.

—¿Cuándo puede volver a casa? –preguntó Yiannis.

—Podremos pasarla a planta dentro de tres o cuatro días. Ya veremos qué tal se desenvuelve. Pero no se irá a casa durante un tiempo. Necesitará rehabilitación. Y después, cuando le demos el alta, tendrá que seguir una terapia. Será un proceso de varias semanas.

Eso era precisamente lo que Cat se temía.

—Eso no le va a hacer mucha gracia –apuntó Yiannis.

—Seguro que no. Pero es necesario para que pueda volver a andar –el médico sonrió.

—Lo hará –dijo Yiannis–. Vive en un apartamento en un segundo piso.

—Ahora mismo no puede. Tendrá que trasladarse a otro sitio –recogió los papeles, los metió en una carpeta y se los entregó a Cat. Se puso en pie.

—Pero por lo menos eso será un buen incentivo para ella. Hablaré de ello con ella mañana cuando esté más clara. Si alguno de los dos puede acompañarme, mucho mejor.

–Claro –dijo Yiannis.

Cat asintió de forma automática y se puso en pie.

El médico le estrechó la mano a Yiannis, y después a ella.

–No se preocupen –les dijo a los dos–. Estará bien. Tiene mucha fuerza. Y tiene una familia que se preocupa por ella. Eso es importante. La recepcionista les avisará cuando la lleven a planta. Podrán verla entonces. Pero el chiquitín tendrá que quedarse fuera –le guiñó un ojo a Harry, le alborotó el pelo y se marchó.

Cat le siguió con la mirada hasta que se perdió por una esquina, pensando que su vida estaba fuera de control.

–No puede irse a casa –dijo. Debería haberse dado cuenta. Su abuela se había roto la cadera. ¿Qué había esperado? ¿Y si ya no podía vivir sola nunca más?

–Ahora mismo no –dijo Yiannis.

–Tendré que llevármela a San Francisco –dijo Cat, pensando en voz alta, intentando resolver las cosas... Su apartamento estaba en un tercer piso. A lo mejor podía alquilar una casa a pie de calle, o una residencia para mayores...

–¿Por qué? –la pregunta de Yiannis interrumpió sus pensamientos.

–¡Porque no puede subir escaleras! ¿Es que no estabas escuchando?

Yiannis se echó a Harry al hombro y le lanzó una mirada sufrida.

–Estaba escuchando, pero no oí que dijera nada acerca de tener que mudarse a San Francisco. Aquí en la isla hay casas a pie de calle.

–Pero costarán una fortuna.

Balboa era un destino turístico, el sitio de moda en vacaciones.

–Ella ya está pagando un alquiler –dijo Yiannis suavemente.

–Exacto. Lo más estúpido que hizo fue vender su casa –Cat lo fulminó con una mirada, aunque en realidad no fuera culpa de él.

–Relájate –le dijo Yiannis, lo cual la hizo enfurecer más. La agarró del codo y la hizo salir de la salita. La condujo hacia el pasillo. Al pasar por delante de la recepcionista, sonrió.

–Eso es fácil decirlo. Ella no es tu problema –Cat chasqueó la lengua.

Ya estaban en el pasillo. Cat se detuvo y se soltó con brusquedad.

–Ella no es un problema en absoluto. Puede quedarse conmigo.

Cat se le quedó mirando.

–¿Qué?

Él se encogió de hombros.

–Yo solo tengo dos escalones hasta la puerta. Ella puede subirlos fácilmente, o puedo hacer una rampa. Y tengo un dormitorio libre.

–Ella no... –Cat empezó a decir algo, pero entonces se detuvo.

Había estado a punto de decir que la abuela nunca aceptaría algo así, pero después de pensarlo un poco, se dio cuenta de que era más probable que quisiera quedarse con él antes que mudarse a San Francisco.

–Querrá... –dijo Yiannis con confianza–. Siempre y cuando no armes un lío.

–¿Yo? –Cat se puso a la defensiva de inmediato–. ¿Y por qué iba a hacer eso?

Él arqueó las cejas. Su mirada la desafiaba.

–No sé.

–Pero en caso de que lo estuvieras considerando, piénsatelo bien.

Cat le fulminó con una mirada, pero él se la sostuvo sin problemas. Al final, fue ella quien tuvo que apartar la vista primero.

–Ya veremos –murmuró–. Como bien has dicho, hay varias opciones.

–Sí, pero Maggie se pondrá nerviosa si todo está en el aire.

Molesta, Cat no tuvo más remedio que reconocer que tenía razón.

–De momento no vamos a decir nada –le dijo con firmeza–. Cuando ella se despierte y sepamos qué es lo que no quiere, habrá tiempo de sobra para tomar una decisión.

–Si tú lo dices...

–Yo lo digo –dijo Cat–. ¿Y por qué dejaste que el médico pensara que eras mi marido?

–¿Y qué importancia tiene? A él le da igual. A no ser que estés pensando en pedirle una cita –ladeó la cabeza y le lanzó una mirada especulativa.

–¡No quiero pedirle una cita! ¡Estoy prometida!

–Eso he oído. ¿Cuándo viene?

–Está muy ocupado.

–Eso dice Maggie –la mirada que Yiannis le dedicó dejaba claro cuál era su opinión al respecto.

–¿Y qué más te dijo?

–No mucho –dijo él, haciendo una mueca. Harry le estaba agarrando el pelo y rebotando contra su cadera. Miró el reloj–. ¿No necesitas que me quede hasta que te llame la recepcionista?

–Claro que no.

–Yo pensaba que sí. Muy bien. Harry y yo nos vamos. Dile a Maggie que he venido y que me pasaré en algún momento mañana. Llámame cuando te vayas esta tarde. Tendré la cena preparada.

–¿Cena? –repitió ella, incrédula–. No tienes que...

–Sé que no. Pero quiero disponer de algo de tiempo para trabajar esta tarde. Así que después de que veas a Maggie, vuelve a casa y ocúpate de Harry. Yo tendré lista la cena.

–Muy bien. Gracias –le dijo ella con sequedad. No había otra opción–. Te lo agradezco.

–Dale un besito a la tía Cat –se quitó a Harry de los hombros.

Cat abrió los ojos, sorprendida. Pero, evidentemente, Harry entendía más de lo que pensaba. Extendió los brazos hacia ella y arrugó los labios. Y, a pesar de la sorpresa, Cat sintió algo tierno en el corazón. Sonriendo, se inclinó adelante y le dio un besito al niño, primero en la boca, después en la mejilla y finalmente en la punta de la nariz.

Y entonces, de repente, sintió un beso de Yiannis en la mejilla, efímero, pero abrumador, por ser tan inesperado. Se echó hacia atrás, hacia la pared. Él retrocedió, sonriente. Algo indescifrable se cruzó en su mirada. Cat sentía un cosquilleo en los labios y tenía las mejillas ardiendo.

–¿A qué ha venido eso?

Yiannis asintió y siguió de largo en dirección a la sala de espera de la que había salido.

–Era lo que todos esperaban.

–¿Qué? ¿Quién?

Cat se dio la vuelta. La recepcionista estaba ocupada con el papeleo en su mostrador.

–¿Me besaste porque la recepcionista lo esperaba?

Yiannis sacudió la cabeza, todavía sonriendo.

–No. Te besé porque quería –dijo y le dio otro beso. Se subió a Harry a los hombros y siguió su camino–. Te veo en la cena.

Capítulo 4

HABÍA perdido el juicio.
¿Cat McLean? ¿Otra vez?
Yiannis apretó con fuerza el volante y sacudió la cabeza, sin poder comprender tanta estupidez. ¿En qué estaba pensando? En realidad no había pensado en absoluto. O por lo menos no con la cabeza. Otras partes de su anatomía siempre hablaban mucho más alto cuando estaba cerca de Cat. Desde el momento en que la había visto delante de la casa de su abuela, con las manos llenas de bolsas de comida, la había deseado con locura. Y después de conocerla mejor, de pasar tiempo a su lado, en la cama y fuera de ella, nada había cambiado. Pero ella seguía buscando lo mismo que unos años antes. Amor, familia, romance... Y lo había conseguido, al parecer, pero... ¿dónde estaba su príncipe azul cuando más lo necesitaba? Ocupado... Aquello no tenía sentido. ¿Cómo podía estar tan ocupado como para no estar con ella mientras operaban a su abuela? ¿Acaso no sabía lo mucho que Cat quería a Maggie? Él sí que lo sabía muy bien.

Al ver que ella no llamaba se había impacientado mucho y, en cuanto Harry se había levantado de la siesta, lo había metido en el coche y había vuelto al hospital.

Decisión correcta. Nada más verla por la ventana se había dado cuenta de que no podía con ello sola. Necesitaba a alguien que estuviera a su lado... Necesitaba que le dieran un beso... Y él estaba allí. Ese prometido fantasma hubiera podido hacerlo de haberla acompañado. Pero, sobre todo, lo había hecho, tal y como le había dicho a ella, porque quería. Probablemente debería haberse resistido. No solía encapricharse de mujeres comprometidas, pero... Era Cat.

¿Alguna vez había podido resistirse a ella?

Nunca.

Cat no quería pensar en Yiannis, besándola. Se había limpiado la cara con el dorso de la mano en cuanto él se había marchado. ¿Qué estaba tratando de hacer? Sus besos no tenían sentido. Eran molestos, incómodos, irritantes...Y el efecto que tenían en ella la sacudía de pies a cabeza.

Después de marcharse Yiannis, había ido a ver a la abuela.

Al ver a la mujer que yacía en la cama después de la operación, se le cayó el alma a los pies. Su abuela nunca había sido muy corpulenta, pero parecía diminuta en aquella cama tan grande. Tenía los ojos cerrados, los labios pálidos, y sus mejillas eran casi del mismo color que la sábana. Cat se detuvo abruptamente junto a la puerta. Entrelazó las manos y respiró hondo. Tenía que estar tranquila para poder mostrarle su mejor cara. Pero la única cosa que la tranquilizaba en ese momento era la línea verde que se veía en la pantalla del monitor, la que probaba que su abuela seguía viva.

—Está muy bien —la enfermera pasó por su lado y anotó lo que veía en las máquinas.

—¿Quién está bien? —preguntó una vocecita ronca desde la cama.

–¡Abuela! –Cat corrió hacia la cama justo a tiempo para verla abrir los ojos.

Una sonrisa asomó a los labios de la anciana.

–Todavía sigo aquí –dijo, fingiendo estar molesta.

–Claro que sí –dijo Cat, tomando su mano y llevándosela a los labios. Estaba fría, pero la abuela le dio un buen apretón–. Y gracias a Dios por eso.

–A lo mejor no lo agradeces tanto cuando me vaya a casa –dijo Maggie. Su voz sonaba más grave que nunca.

–Oh, claro que sí –juró Cat. Se inclinó y besó a su abuela en la mejilla, contenta de descubrir que no la tenía tan fría como la mano. Maggie cerró los ojos.

La enfermera comprobó sus constantes vitales y entonces se volvió hacia Cat.

–Puede quedarse si quiere, pero dormirá durante un buen rato.

–No, no puede quedarse. Tiene que irse a casa. Tienes que ayudar a Yiannis con Harry.

–Yiannis se las está apañando muy bien solo –admitió Cat–. Harry y él vinieron cuando estabas en el quirófano.

–Es buen chico –dijo la abuela, sonriente.

¿Harry o Yiannis? Cat no lo sabía con seguridad.

–Vete a casa –le dijo su abuela, insistiendo.

–Todavía no.

–¿Estás preocupada por mí?

–Yo... un poquito –admitió Cat. No tenía sentido mentirle–. Pero intento mantenerme positiva –añadió, ofreciéndole una sonrisa.

–Llegará un día en que ya no podrás –la abuela soltó una carcajada.

–No.

–Te estoy complicando mucho la vida.

–Eres parte de mi vida –dijo Cat con firmeza–. Una de las mejores partes, en realidad.

–Me alegro de que pienses eso –dijo la abuela y entonces sacudió la cabeza–. Probablemente cambiarás de idea cuando yo salga de aquí. ¿Cuándo salgo de aquí?

–No lo sé todavía –dijo Cat con sinceridad–. Te quedan un par de días más en el hospital. Y después tendrás que hacer un poco de rehabilitación. El doctor Singh dijo que vendría a hablar contigo por la mañana.

No mencionó el ofrecimiento de Yiannis. No era el momento. Y con un poco de suerte no tendría que decírselo nunca. A lo mejor la abuela se daba cuenta por sí sola de que era una mala idea regresar a su apartamento encima del garaje y sugería la posibilidad de marcharse a San Francisco con ella. Como si sus pensamientos lo hubieran provocado, el teléfono móvil le empezó a sonar.

–Es Adam –le dijo Cat a su abuela y después habló por el auricular–. Hola. El momento perfecto. La abuela ha salido de cirugía. Está muy bien.

–Estupendo. Y yo ya he resuelto lo del vestido.

–¿Tú...? ¿Qué?

–Hoy comí con Margarita en Lolo's. ¿La recuerdas?

Sí que la recordaba. Margarita era una joven ejecutiva agresiva que trabajaba con Adam.

–Te dije que necesitabas un traje para la fiesta –dijo Adam–. Y ella me dijo que conocía un sitio perfecto donde comprarlo. A la moda, sofisticado, elegante...

Ahí estaba de nuevo. La palabra de siempre...

–Puedo comprarme mis propios vestidos, Adam. Aquí hay muchos sitios donde puedo mirar.

–Claro. Pero pensaba que ibas a estar todo el tiempo en el hospital. No quería ponerte presión. Margarita se ofreció a escoger un modelo para ti.

Cat sabía que solo trataba de ayudar. Respiró hondo, consciente de que la abuela escuchaba en todo momento, aunque tuviera los ojos cerrados.

–Seguro que puedo arreglármelas sola, pero, por favor, dale las gracias a Margarita de mi parte.

–¿Estás segura? –le dijo Adam.

–Si tengo algún problema, te lo haré saber.

–Por favor –dijo Adam–. Si no lo has encontrado para el fin de semana, y todavía no puedes venir a casa, yo iré para ayudarte a escoger uno.

–¿Harías eso? –le preguntó Cat, esperanzada.

–Veré qué puedo hacer. Te llamaré mañana. Dile a tu abuela que le deseo lo mejor, que se recupere pronto. Te quiero.

–Yo también –dijo Cat y terminó la llamada. Trató de concentrarse en el lado positivo de la conversación. Recordó a su prometido, su pelo rubio, su cara de rasgos finos y aniñados.

–Es todo un detalle que se ocupe de Harry –dijo de repente la abuela, empeñada en hablar de Yiannis.

–Sí.

–Ha sido una gran ayuda para mí desde que se mudó. Venderle la casa ha sido lo mejor que he hecho en muchos años.

Cat discrepaba un poco, pero no quería entrar en una discusión con la abuela en ese momento.

–Esperaba que Yiannis y tú... terminarais juntos.

Era la primera vez que le decía algo así.

–No –dijo Cat con firmeza.

–Bueno, evidentemente solo era una esperanza. ¿Él no te gusta?

–Ha sido muy bueno contigo –Cat sonrió cortésmente.

–Sí, pero me refería a...

–A Yiannis no le gustan los compromisos a largo plazo.

–A lo mejor solo necesita una buena razón para lanzarse a la piscina –sugirió su abuela, sonriente.

–La vida no es un cuento de hadas –dijo Cat al final–. Ni un musical de Broadway.

–Por desgracia, tienes razón. Pero tienes que admitir que todas esas canciones vienen bien.

–Sí.

Pero todo tenía un límite. Cat se puso en pie y le dio un beso.

–Tengo que irme. Yiannis lleva todo el día con Harry. Ya es hora de tomar el relevo.

–Eres una buena chica –la abuela sonrió.

–Claro que sí –Cat sonrió.

–Yiannis debería darse cuenta.

–Adam se da cuenta –dijo Cat.

–Eso espero, de verdad.

Debería haberse negado a lo de la cena. Aunque fuera capaz de esconder sus sentimientos, cenar con Yiannis, incluso en compañía de un bebé saltarín, era justamente lo que no necesitaba.

A lo mejor podía fingir que le dolía la cabeza, recoger a Harry y salir corriendo; huir a la casa de la abuela y comerse lo que tuviera en la nevera. Sí. Eso podía funcionar. No quería someterse a esa situación tan incómoda, esa tortura... Respiró hondo una vez más para sacar fuerzas y bajó del coche. Atravesó la puerta exterior y se dirigió hacia la puerta trasera de la casa. Llamó con energía y entonces trató de aparentar que sí tenía un dolor de cabeza cuando Yiannis abrió.

No. No era Yiannis el que acababa de abrir... Era

otro hombre guapísimo, un poco más alto que Yiannis, un poco más joven. Debía de tener unos veinticinco años, como ella... Tenía el pelo negro, húmedo... Su sonrisa era despampanante. Estaba sin camisa y llevaba unos pantalones cortos con la cintura demasiado baja... Aquellos ojos de color verde-gris la observaban con curiosidad.

–Tú debes de ser Cat –dijo el joven, abriendo más la puerta e invitándola a entrar–. Soy Milos. Savas –añadió.

Cat no había tenido la más mínima duda ni por un instante. El parecido era extraordinario.

–El primo de Yian –añadió el muchacho, estrechándole la mano de forma efusiva.

No la soltaba. La estaba llevando hacia la cocina.

–Yiannis está cambiando al bebé. ¿Tú eres la tía de Harry?

–Eh, sí. Supongo que sí. Su madre es mi prima... Por así decir.

Milos sonrió y asintió.

–Sí. Las familias son así. ¿Te apetece una cerveza? O... –abrió la nevera y echó un vistazo dentro–. ¿Un té helado? Estoy seguro de que debe de tener vino en algún sitio.

–Un té helado está bien –dijo Cat y, en cuanto lo dijo, se dio cuenta de que había desaprovechado la oportunidad de decir que tenía un dolor de cabeza.

Milos le sirvió el té helado en un vaso, se lo dio en la mano y entonces abrió una botella de cerveza para él.

–¿Quieres una cerveza, Yian? –gritó.

No hubo respuesta inmediata, pero unos segundos más tarde, Yiannis entró en la habitación con Harry colgado de un brazo. Era evidente que había estado en la playa. Todavía llevaba unos pantalones cortos y una camiseta con el cuello roto. Tenía el pelo húmedo y de punta. El corazón traicionero de Cat se aceleró.

—Has conocido a Milos —dijo Yiannis en un tono de pocos amigos.

—Sí —dijo Cat—. Lo siento. Habría recogido antes de Harry, pero no sabía que tenías visita.

—Yo tampoco.

—Oye —dijo Milos—. Neely te llamó para decirte que venía.

—Pero no por eso estabas invitado.

Milos se encogió de hombros.

—Puedes venir a mi casa cuando quieras —le dijo, abriendo otra cerveza y ofreciéndosela a Yiannis.

—Sí, claro. Puedo quedarme en algún arrecife de coral contigo. No, gracias.

Cat escuchaba aquella conversación malhumorada con interés y envidia. Yiannis, no obstante, cambió de tema bruscamente.

—¿Cómo está Maggie?

—Eh... está bien —dijo Cat, redirigiendo sus pensamientos—. Por lo menos eso me dicen —añadió—. Está muy pálida. Muy... pequeña... Nunca creí que fuera tan pequeña.

—Pues yo sí —dijo Yiannis—. Pero sé lo que quieres decir —siguió adelante—. Parece más grande de lo que es en realidad. Es una fuerza de la naturaleza.

—Sí.

—Qué pena que no la conozca. Y probablemente no la conoceré esta vez, pues solo voy a estar unos días.

—Demasiados —dijo Yiannis, bebiendo un sorbo de cerveza.

—Está enfadado porque no recibió el mensaje del buzón de voz en el que le decían que yo venía. No se le da muy bien lo de la hospitalidad —Milos sonrió.

–Porque no soy nada hospitalario.

–Su madre sí que lo es. Le dijo a Seb y a Neely, mis cuñados, que Yian estaría encantado de acogerme en su casa. Voy hacia el sur –le explicó a Cat–. Llevo dos años trabajando en una clínica en una de las islas.

–Es un charlatán –dijo Yiannis.

–Soy médico. Acabo de terminar mi residencia en otorrinolaringología.

Cat abrió los ojos. ¿Médico? Parecía tan joven...

–No hay nada de que impresionarse –dijo Yiannis–. Se va a la playa, a cocerse al sol, a hacer surf y a ligar con chicas.

–Eso también –dijo Milos, sin darse por ofendido en absoluto–. Solo está celoso porque a él no se le ocurrió.

–Es que lo de diseccionar ranas no me gustó nada –Yiannis habló con contundencia–. Eso puso fin a todas mis aspiraciones médicas. Toma, sujeta a Harry mientras pongo los filetes.

Antes de que Cat pudiera decir nada, se encontró con Harry en los brazos. Yiannis abrió la nevera. Harry se puso nervioso de inmediato. Pero cuando Cat logró sonreír y empezó a hablarle, su expresión se volvió risueña de nuevo. Y ella también se sintió mejor. Se hubiera asustado mucho si el niño se hubiera echado a llorar, pero no lo hizo. De hecho, parecía que le había caído bien. Se retorció en sus brazos, le tocó la mejilla y balbuceó algo en el lenguaje de los bebés.

–¿Qué ha sido eso? –le preguntó Cat al niño.

–Quiere salir y ver cómo se hacen los filetes –dijo Yiannis–. Vamos.

Cat salió detrás de él.

–Gracias. Debería irme a casa –le dijo–. Tú tienes compañía y Harry y yo estaremos bien.

–Te he comprado un filete –dijo Yiannis sin más.

Estaba poniendo tres piezas sobre la parrilla, así que Cat no tuvo más remedio que abandonar el plan de marcharse. Iban a comer en una mesa del patio situado entre la casa de Yiannis y el garaje. El pequeño jardín estaba lleno de las flores de la abuela. Cat recordó todos esos años que había pasado allí, jugando, bajo la atenta mirada de Maggie. En ese momento era ella la que miraba mientras Harry jugaba y se metía cosas en la boca.

–¡Oh, Harry, no! –exclamó y le sacó la primera ramita de la boca. Después le sacó una piedra y algunas astillas de madera que sin duda provenían de algún proyecto de Yiannis. Tomó al niño en brazos y lo distrajo un poco, jugando con él y tratando de no mirar al hombre que estaba asando filetes al otro lado del patio. Milos puso la mesa y conversó un rato con ella. Le preguntó por su trabajo en San Francisco y la hizo hablar de esas marionetas de tela que hacía y también de las obras de arte que vendía. Yiannis no dijo ni una palabra, pero Cat sospechaba que estaba escuchando atentamente, así que trató de dejar bien claro que estaba muy contenta en San Francisco.

Cuando la carne y las mazorcas de maíz estuvieron listas, Yiannis volvió a entrar en la casa y sacó una tarrina de ensalada de col y otra de ensalada de patatas. Después subió a la casa de la abuela y bajó la sillita plegable de Harry.

–Lo siento. Yo podría haberlo hecho –le dijo Cat.

Él se encogió de hombros.

–Estabas ocupada –fijó la silla a la mesa, recogió a Harry del suelo y lo sentó en ella–. Vamos a comer.

Comieron en silencio. Milos era el único que hablaba. Harry se untaba el pelo con mantequilla... Cat estaba sentada enfrente de Yiannis, recordando la última vez que había comido allí. Habían cenado con su abuela.

Yiannis había asado salmón esa noche. Y al terminar de comer, se había sentado enfrente de ella y le había rozado la pantorrilla con un pie, descalzo, por debajo de la mesa.

Cat había dado un pequeño salto y entonces se había sonrojado violentamente.

–¿Te ha mordido algo? –le había preguntado la abuela.

–No... No. Quiero decir, sí.

Yiannis había sonreído y se había puesto a hablar con la abuela como si nada, como si aquello no hubiera tenido nada que ver con él. Después la abuela había subido a su apartamento, pero Cat se había quedado un rato más.

–Para ayudar a Yiannis con los platos –le había dicho a Maggie–. A lo mejor voy a dar un paseo después.

Su abuela no era tonta. Había visto esas miradas que se habían lanzado durante toda la cena, pero no había querido estropearles la diversión. No obstante, Cat casi deseaba que lo hubiera hecho, pero no podía echarle la culpa de su propio error. Un error que no volvería a cometer...

Miró a Yiannis con disimulo y se lo encontró mirándola. Apartó la vista rápidamente y echó atrás las piernas, por debajo de la silla. Después se volvió hacia Milos y le preguntó por la escuela de medicina. Este estaba encantado de hablar. Se relajó en su silla, bebiendo cerveza, y contestó a todas sus preguntas. Era evidente que estaba muy contento de acaparar toda su atención. No le quitaba la vista de encima. Ambos ignoraban a Yiannis por completo. Y él, por su parte, bien podría no haber estado allí. Comía tranquilamente sin decir ni una palabra.

El sol empezó a ponerse. El jardín ya estaba en sombras y era difícil ver la expresión de Yiannis. Pero aunque no pudiera ver adónde miraban sus ojos, Cat podía sentirlos sobre la piel.

Se frotó el anillo que llevaba puesto.

–Vaya pedrusco –exclamó Milos. ¿Significa algo? –preguntó, sonriente.

Cat le habló de Adam. Trató de no dar demasiadas explicaciones, pero sentía que tenía que dejarle bien claro a Yiannis que estaba enamorada de otro hombre. Milos escuchaba con atención, sonreía...

–No está aquí, ¿no?

–Está aquí –Cat parpadeó y entonces se tocó el corazón.

–Pues tráetelo –Milos asintió y estiró los brazos por encima de la cabeza.

–¿Qué?

–Había pensado que podíamos salir un rato. Tiene que haber vida nocturna por aquí –miró a Yiannis.

Este se encogió de hombros con indiferencia. Milos le miró durante unos segundos y entonces se escurrió hasta el final de la silla.

–Claro que la hay –añadió con seguridad y se puso en pie. Miró a Cat–. Vente conmigo –le dijo, invitándola–. Sálvame de las tigresas de Balboa. Yian puede quedarse con el niño.

–Gracias –dijo Cat–. Pero tengo que cuidar de Harry.

–Yiannis es un canguro genial –dijo Milos, insistiendo–. Cuidó de mí cuando era niño.

–Y todavía lo hago.

–¿Estás segura...? –Milos se rio, pero no dejó de mirar a Cat ni un segundo.

–Muy segura. Pero, gracias –Cat asintió, sin mirar a Yiannis.

–Qué pena –dijo Milos, recogiendo platos y condimentos.

–Gracias por la cena. Tengo que llevarme a Harry a la cama, pero primero os ayudo con los platos –Cat también se puso en pie y empezó a ayudarle a recoger.

Eran las primeras palabras que le había dirigido a Yiannis desde antes de la cena. Él levantó la vista hacia ella y entonces se puso en pie lentamente. Cat sintió que se le cortaba el aliento. Sus miradas se encontraron.

–Déjalo. Harry tiene que acostarse –mientras hablaba, quitó a Harry de la silla, lo tomó en brazos y lo llevó a la casa.

Una vez allí, le lavó la cara, las manos y el pelo. Cat fue detrás en silencio, llevando los últimos platos.

–Ponlos en la mesa. Yo me ocupo –dijo Yiannis, mientras secaba a Harry. Después le hizo cosquillas y muecas–. Te veo mañana, chiquitín –hizo una pausa y entonces, de repente, puso al niño en los brazos de Cat–. Buenas noches.

No podría haberle dejado más claro que la estaba echando de allí. Un momento después le abrió la puerta y esperó a que saliera. Cat agarró a Harry con tanta fuerza que el niño empezó a retorcerse y soltó un gritito de protesta. Cat aflojó los brazos de inmediato.

–Buenas noches, entonces –dijo en un tono de pocos amigos y pasó por delante de él sin siquiera mirarle a la cara. No necesitaba mirarle. Él estaba tan cerca que podía sentir el calor de su cuerpo al pasar–. Gracias por la cena –añadió.

Nadie podría decir que había olvidado sus modales. Iba por la mitad del patio cuando la puerta se cerró. Un segundo después oyó que Yiannis le decía algo a Milos.

–Podemos ir a Tino's si quieres conocer mujeres –le dijo, gritando.

Tino's estaba lleno de gente. Incluso en un día entre semana, el ruido era ensordecedor. El local estaba abarrotado y la gente bebía sin parar. Milos se abrió paso entre la multitud, dirigiéndose hacia la barra.

–Yo buscó las cervezas.

Yiannis le dejó ir. Se apoyó contra la pared, justo al lado de la puerta, y metió las manos en los bolsillos. En otra época solía pasar casi todas las noches allí, o en algún otro de los garitos de moda de la ciudad. Entró por fin y se preguntó si aguantaría siquiera a que Milos regresara con las bebidas. Miró a su alrededor... La misma vieja historia de siempre... Las chicas, exhibiéndose, y los chicos al acecho... De repente entendió por qué le gustaba más quedarse en su tienda, con la sierra y la lija, haciendo muebles. Se sentía viejo. Y también molesto. Milos se abría camino entre la gente, cervezas en mano, e iba directo hacia una chica que no parecía mucho mayor que Harry... Yiannis apretó los dientes. No por la chica, sino por Milos. Llevaba toda la tarde enfadado, desde el mismo momento en que había abierto la puerta y se había encontrado con su querido primo.

–Hola –Milos le había dicho–. ¿Me recuerdas?

Yiannis hubiera querido decir que no.

–La tía Malena me dijo que te había enviado un correo –le había dicho Milos al ver que él no reaccionaba–. Bueno, supongo que puedo dormir en una esquina por aquí –había añadido, al ver que Yiannis no tenía intención de invitarle a pasar.

Se había tentado de hacerlo. No quería dejar a nadie en la calle, pero lo que no soportaba era que su familia siempre diera por hecho que podía presentarse en su casa cuando quisiera. Era por eso que no quería más familia. No necesitaba más gente haciéndole la vida imposible. Además, esa noche tenía otros planes. Se suponía que iba a cenar con Cat.

Habían cenado juntos, pero esa no había sido la velada que había imaginado. Ella se había pasado todo el tiempo hablando con Milos. Y su primo se había pasado toda la comida flirteando con ella. Y entonces Milos la había invitado a salir...

Yiannis había sentido ganas de agarrar a su primo por el cuello, pero no quería pensar en los motivos que le habían hecho sentir eso. Ella estaba prometida. No podía salir con nadie, y mucho menos con su primo mujeriego.

Encogió los hombros, trató de estirarse un poco contra la pared. El sitio estaba repleto de chicas guapas. Una de ellas, parada cerca de la barra, era pelirroja, igual que Cat, aunque tenía el cabello un poco más oscuro. Y había otras dos que tenían las mismas piernas largas, la misma figura esbelta... Pero no hacía más que recordar cómo la había visto la noche anterior, en camiseta y braguitas... Recordaba cómo había reaccionado su propio cuerpo, cómo reaccionaba cada vez que estaba cerca de Cat McLean. Irritado, se apartó de la pared. Milos se había parado a mitad de camino y le había dado una de las cervezas a la chica.

De repente Yiannis sintió una mano suave sobre el brazo. Se dio la vuelta. Era una morena sonriente que batía las pestañas sin cesar.

–Hola, soy Marnie. ¿Estás de paso por aquí?

–Algo así –dijo Yiannis.

–Yo también –se acercó más y se rozó un poco contra él–. Vámonos de aquí –sugirió, mirándole con unos ojos azules luminosos.

–Gracias, pero tengo que irme –sin mirar atrás, dio media vuelta y salió por la puerta.

Volvió a pie a la casa, caminando por la acera que daba a la orilla del mar. Todo estaba tranquilo, en silencio... Nada que ver con el bullicio de las calles comerciales. Podía oír las olas rompiendo contra la costa y a lo lejos podía ver una boya, flotando en el agua. Se oía el ruido de los motores de uno de los últimos aviones que despegaban del aeropuerto de John Wayne esa tarde. Había dado ese paseo con muchas mujeres. Pero en el silencio de la noche solo los recuerdos de una de ellas le acompañaban. Y esos recuerdos le ponían nervioso, ansioso... Se fue a casa y se puso a trabajar en la estantería de libros para el abogado. Trató de perderse en el trabajo... Al final se rindió y se fue a la cama. Se acostó boca arriba y cerró los ojos para no mirar por la ventana hacia el apartamento del garaje. Trató de no pensar en la mujer que estaba allí... El reloj marcó la una de la madrugada. La una se convirtió en las dos. Y aún seguía despierto. De repente oyó unos golpecitos sigilosos en la puerta de atrás. Seguramente Tino's había cerrado ya y Milos debía de haber olvidado la llave.

Yiannis soltó el aliento, contó hasta tres y se levantó de la cama. Encendió la luz y abrió la puerta de par en par.

—Siento molestarte —dijo Cat.

Capítulo 5

QUÉ PASA? –le preguntó Yiannis–. ¿Dónde está Harry?

Cat, con los brazos cruzados sobre el pecho, sacudió la cabeza sin más. Tenía los ojos enormes y el pelo le caía por toda la cara.

–No para de llorar –le dijo, pálida como la leche.

Parecía que la que iba a empezar a llorar en ese momento era ella misma.

Yiannis respiró aliviado.

–Parará –le dijo con confianza. Pero incluso mientras trataba de tranquilizarla, comprendió su desesperación. Él mismo la había sentido la noche anterior.

–Lo he intentado todo. Le he dado biberones, comida. Lo he tomado en brazos, le he mecido, le he dado palmaditas en la espalda. Pero sigue gritando.

–¿Desde que te fuiste? –le preguntó Yiannis.

–No. Cuando fui a acostarle. Deja de mirarme así. ¡Yo no he hecho nada!

No tenía que hacerlo. Solo tenía que estar allí parada y él no podía evitar mirarla así. Pero no tenía bolsillos para meter las manos y tenía miedo de que su debilidad por ella fuera demasiado evidente. Imaginándose que el que llamaba a la puerta debía de ser Milos, había ido a abrir en calzoncillos; unos boxers que podían traicionarle en cualquier momento si no se ponía unos shorts rápidamente.

–Sube. Estaré ahí en un minuto.

Cat no le discutió la idea.

–Gracias –le dijo, sonriendo –dio media vuelta y corrió de vuelta a la casa del garaje.

Yiannis volvió a entrar en su habitación y se puso unos vaqueros y una sudadera. Podía oír llorar a Harry antes de llegar a la mitad del patio. Era el mismo llanto sin consuelo que había oído la noche anterior. Subió las escaleras rápidamente y abrió la puerta de par en par. Ella estaba caminando por toda la habitación, con Harry en brazos, intentando consolarle. Para ser un niño tan pequeño, tenía unos pulmones poderosos. Yiannis podía ver su rostro contraído, ojos cerrados, por encima del hombro de Cat. Y entonces el pequeño los abrió de nuevo y dejó de llorar al ver a Yiannis. El silencio repentino del niño la hizo darse la vuelta de repente hacia la puerta.

–Oh, muy bien –dijo ella, en un tono a medio camino entre la exasperación y el alivio–. Con solo mirarte se calla.

Pero justo cuando Yiannis estaba a punto de sonreír y hacer su rutina de arrullo, el rostro de Harry se contrajo de nuevo y empezó a llorar de nuevo.

–¿Cuándo empezó?

Cat sacudió la cabeza.

–Primero le di un baño y le leí un par de cuentos. Bueno, ya sabes... –se encogió de hombros–. Más que nada trató de comerse los libros en vez de escucharme. Pero conseguí leerle algo. Después le di un biberón y se quedó dormido. Entonces pensé que todo estaba bien. Todo estaba bien –insistió ella–. Y después, como una hora más tarde, se despertó. Primero solo estaba intranquilo, pero después empezó a llorar. Y a gritar. Así.

–Anoche también lloró.

–No estaba llorando cuando te desperté. Estaba dormido.

–Sobre mi pecho.

Ella miró en esa dirección.

–¿El pecho es algo significativo?

Yiannis se encogió de hombros.

–Funcionó.

–Así que crees que, si me tumbó con él y le pongo sobre mi pecho...

–Yo lo haré –le dijo Yiannis bruscamente y le quitó al bebé de los brazos–. Shh –le dijo a Harry, meciéndole–. Todo está bien.

Era evidente que Harry no estaba muy de acuerdo, pero el cambio repentino a los brazos de Yiannis le distrajo un momento. El pequeño miró a Yiannis con ojos de sorpresa y después pareció reconocerle. Después le agarró la mano y empezó a mordisquearle los dedos.

–Oh –exclamó Yiannis, tratando de apartarse, pero cuando Harry se enfurruñó y soltó otro quejido, volvió a darle la mano para que siguiera mordisqueándole los dedos. Al sentirle las encías, se topó con un par de dientes frontales, no muy afilados todavía.

El bebé empezó a lamerse los dientes con fuerza.

–Le están saliendo los dientes –dijo Yiannis.

–¿Maggie tiene brandy?

–¿Quieres una copa ahora?

–No es para mí. Es para él.

–¡No puedes darle brandy! –Cat le miraba como si se hubiera vuelto loco.

–No le voy a dar una copa. Mi madre solía frotarles las encías a los niños con un poquito de brandy. Así se le adormecen.

Cat le miró con ojos escépticos.

–Misty nos llevaría a juicio por algo así.

–Y nosotros podríamos llevarla a juicio por abandonar a su hijo –le dijo Yiannis–. ¿Quién dejó al niño aquí tirado para irse a Alemania?

–Lo dejó con la abuela.

–Y Maggie lo dejó conmigo. Y contigo. Así que... ¿Tiene brandy o no?

–No. Pero ahora que dices lo de los dientes –fue a la cocina y empezó a rebuscar en las estanterías. De repente se dio la vuelta y le mostró una botella marrón oscuro.

–¿Qué es eso?

–Es el remedio de la abuela. Extracto de vainilla –dijo, desenroscando la tapa mientras hablaba–. Espero que funcione.

Yiannis también lo esperaba. Probablemente era algo parecido a lo del brandy.

–Ponlo en un bol –le dijo Yiannis.

Ella hizo lo que le pedía. Yiannis metió un dedo y lo introdujo en la boca de Harry de nuevo. Le untó las encías con el ungüento. Harry abrió mucho los ojos. Tosió un poco y entonces siguió mordisqueando los dedos de Yiannis, aplastándolos contra sus encías.

–¿Mejor? –le preguntó al bebé.

Harry resopló. Se recostó contra el pecho de Yiannis y puso la cabeza sobre su hombro.

–Yo lo llevo –dijo ella.

Yiannis sacudió la cabeza. No quería tener más visiones de Cat, con un bebé en brazos.

–Está bien –empezó a caminar por el salón lentamente con Harry contra su pecho.

El pequeño seguía mordiéndole los dedos. No lloraba. El llanto se había transformado en unos quejidos suaves.

–Se le están cerrando los ojos. A lo mejor se va a

dormir –dijo Cat después de que Yiannis le hubiera dado un par de vueltas a la habitación.

–Eso espero –dijo Yiannis, pero siguió andando para asegurarse.

–Creo que está dormido –dijo Cat–. Se le está cayendo la cabeza.

El niño la tenía acurrucada contra su hombro. Ella tenía razón. Harry se estaba convirtiendo en un peso muerto. Parecía que estaba dormido.

–Bueno –dijo Cat–. Gracias.

Yiannis dejó escapar un gruñido.

–Fue idea tuya.

–Estoy seguro de que el brandy hubiera funcionado –le dijo ella–. Pero ya sabes lo que dicen los médicos. Y si Misty se entera...

–Misty no está. No tiene nada de qué quejarse.

–Pero lo haría –apuntó Cat–. Si yo lo hiciera, se quejaría.

–No os lleváis muy bien, ¿verdad?

Cat asintió.

–Siempre me ha tenido... mucho resentimiento. Cuando me mudé a vivir con la abuela y con Walter, no podía ni verme. Aunque ella sí tuviera padres, y los míos hubieran muerto, siempre estuvo... No sé... Celosa, supongo. Quería todo lo que yo tenía. Como tú... –Cat se detuvo abruptamente y cerró la boca.

–¿Cómo...? –Yiannis arqueó las cejas.

–No importa. Está profundamente dormido. Mira.

Yiannis no lo hizo.

–¿Como yo?

Cat abrió la boca y entonces volvió a apretar los labios.

–Tampoco es que hubiera supuesto una gran diferencia –dijo finalmente.

–Yo nunca he estado interesado en Misty –señaló Yiannis. No obstante, sí que recordaba que Misty se le había acercado bastante en otra época.

–No tiene importancia, ¿verdad? –le dijo ella. Había un reto en su mirada.

–No quería hacerte daño –dijo Yiannis, suspirando.

–Lo sé –dijo ella en un tono cortante–. Solo me estabas diciendo la verdad. Y ya está. Lo acepto. He pasado página –levantó la mano y exhibió su ostentoso anillo de compromiso ante él, por si no captaba el mensaje.

Pero Yiannis sí que lo captó. Se puso tenso.

–Y has hecho... lo que quiera que sea que hagas, así que... Ya que Harry se ha dormido, podemos acostarle, ¿no?

Parecía tan exhausta como molesta. Una vez más, Yiannis sintió la necesidad imperiosa de estrecharla entre sus brazos. Pero ya tenía a alguien en los brazos.

–Claro. Vamos.

–Gracias –Cat le abrió la puerta para que pudiera poner a Harry en su cunita.

Yiannis lo hizo con facilidad y entonces dio media vuelta. La cama de Maggie estaba entre ellos, sin hacer, con las sábanas revueltas, porque Cat ya había estado durmiendo en ella.

Cat le miró desde el otro lado. Sus miradas se encontraron y todos los recuerdos de ella en la cama cayeron sobre él como una ola gigante. Cat, desenfrenada en sus brazos, temblorosa después del fragor de la pasión, clavándole las uñas en la espalda, enredando la lengua con la suya... Pero no solo la recordaba en la cama... También había otros recuerdos... Podía verla acurrucada contra su cuerpo, piernas entrelazadas, la mejilla sobre su pecho, su propia barbilla apoyada sobre una melena pelirroja y rebelde.

Cat apartó la vista.

—Enhorabuena —le dijo—. Lo has hecho —dio media vuelta y salió de la habitación.

Yiannis se le quedó mirando. ¿Qué había hecho? No lo suficiente. Pero no iba a hacerlo... Ella estaba prometida, se iba a casar con otro hombre. Haciendo una mueca, tocó esas sábanas revueltas un instante y fue tras ella. Esperaba que ella le ofreciera una copa de vino, que le invitara a sentarse en el sofá, que le diera una oportunidad para relajarse un poco y celebrar que Harry se había dormido por fin. Con eso se conformaba. Pero ella se fue directamente hacia la puerta de entrada y la abrió para él.

—Gracias, Yiannis —le dijo rápidamente—. Buenas noches.

Él no podía esconder su sorpresa. Y ella no escondió su impaciencia por echarle de allí lo antes posible. Abrió la puerta un poco más, como si él se fuera a ir antes así. Yiannis aflojó el paso, cruzó la habitación lentamente. Se detuvo justo delante de ella; estaban a unos centímetros de distancia. Él bajó la vista, la miró... Su piel parecía más pálida que nunca bajo las pecas de su rostro. Su pecho caía y subía con cada respiración.

—Buenas noches, Yiannis —dijo ella entre dientes.

No le estaba mirando. Sus ojos miraban más allá del hombro izquierdo de él.

—Todavía no.

Ella levantó la vista nerviosamente.

—¿Qué quieres decir?

—Creo que me merezco un premio.

—¿Quieres una cucharada de extracto de vainilla?

Él sonrió. Y entonces, lentamente, observándola sin pestañear, sacudió la cabeza.

—No. Quiero esto.

Esa tarde, cuando la había besado, había sido algo impulsivo, instantáneo y espontáneo. Una prueba... Pero había sido demasiado poco. Quería más.

Y lo buscó. Tomó lo que quería, la tomó a ella. Y se tomó su tiempo, probando su sabor, moviendo su boca sobre la de ella, convenciéndola, abriéndole los labios... Se preguntaba si ella le rechazaría, pero no lo hizo. Su boca sabía a miel y a azúcar... Era seductora, arrolladora. Su boca se entreabrió. ¿Era sorpresa? ¿Era una bienvenida? ¿Ambas cosas? Yiannis la oyó contener el aliento. Sintió cómo le temblaban los labios. Todo su cuerpo parecía estremecerse.

Pero en realidad ella no se movía. Estaba quieta. No le echaba de allí, pero tampoco le invitaba a entrar. No le devolvió el abrazo cuando la rodeó con sus brazos. En vez de eso, se quedó inmóvil, casi rígida. Y mientras la besaba, podía sentir la tensión que manaba de su cuerpo.

–¿Cat?

Ella cerró los ojos un momento. Los abrió de nuevo y le miró directamente a los ojos, sin pestañear ni una vez. Se soltó de él.

–Creo que esto es recompensa suficiente.

–Cat...

–Buenas noches, Yiannis –le dijo, en un tono serio, inflexible. Pero sus mejillas la delataban. Y también su voz, quebrada.

No le era indiferente, por mucho que quisiera fingir lo contrario.

Yiannis esbozó una sonrisa maliciosa.

–Que duermas bien, Cat.

–Sí, es urgente –dijo Cat por teléfono. Estaba a punto de hacer algo que nunca había hecho antes: pedirle a Adam que la pusiera por delante del trabajo–. Te ofreciste a venir este fin de semana y te tomo la palabra.

–Pensaba que habías dicho que podía comprar un vestido tú sola –Adam pareció sorprendido.

–Y puedo. Pero me he dado cuenta de lo importante que es esa noche para ti, y quiero tu opinión... Te echo de menos –le dijo–. Mucho.

Era evidente que no lo echaba de menos lo suficiente, y eso la asustaba. Tenía el juicio nublado. ¿Cómo había dejado que Yiannis la besara así la noche anterior?

Trató de ahuyentar esos pensamientos e intentó prestar atención a lo que le estaba diciendo Adam.

–Loomis me invitó a jugar al golf el domingo. Es importante –añadió–. No el golf, por supuesto. Pero ser parte del grupo sí lo es. Entré por mi padre...

El padre de Adam también era un pez gordo de la banca.

–Pero eso solo es el primer empujón. Mis perspectivas aumentarán exponencialmente si trabajo duro y entro en el juego de los chicos. Ya lo sabes.

–Lo sé –dijo Cat, tratando de esconder la irritación que sentía.

–Eso no quiere decir que no voy a ir, Cat. Yo también te echo de menos. Pero no puedo ir mañana después del trabajo.

–Entonces ven después del partido de golf. Apuesto a que Loomis juega pronto.

–Sí, pero después vamos a comer.

–Después de comer. Hay vuelos cada hora que llegan al aeropuerto de Los Ángeles.

–Pero al de John Wayne llegan menos.

–Cierto –admitió Cat y entonces guardó silencio. Se quedó mirando por la ventana de la habitación de la abuela en el hospital y no insistió más.

–Muy bien –dijo Adam finalmente–. Reservaré un vuelo para el sábado por la tarde. ¿Puedes aguantar hasta entonces?

–Lo intentaré –Cat hizo todo lo posible por darle cierto tono de broma a sus palabras.

–Será divertido –dijo Adam–. Encontraremos el vestido. Saldremos a cenar. A un sitio romántico. Velas y...

–No olvides que tenemos a Harry.

–¿Qué? Oh, sí, claro. Harry –su tono de voz cambió. No parecía nada entusiasmado–. Sí, bueno, ya pensaremos en algo. A lo mejor ese vecino de tu abuela puede ocuparse de él.

–¿Yiannis?

–Ese. Ya la ha ayudado antes, ¿no?

–Sí –le dijo, pero no había muchas posibilidades de que Yiannis accediera a quedarse con el niño para que ella pudiera salir con Adam.

De hecho, ni siquiera pensaba pedirle que cuidara de Harry esa mañana. Había llamado a una vieja amiga de la universidad que vivía en Newport para pedirle consejo sobre canguros.

Claire, que tenía dos niños pequeños, le había dicho que podía dejarle a Harry sin problema.

Pero tampoco podía dejárselo el fin de semana. Además, también quería pasar tiempo con él. Cuanto más tiempo pasaba con Harry, más lo quería. Y también quería pasar tiempo con Adam y con él, como una familia.

Un pequeño bocado de ese futuro con el que soñaba.

Yiannis estaba apilando tablas en el patio, sin camisa bajo el sol de mediodía.

–Buenos días –le dijo Cat, bajando las escaleras con

Harry, tratando de no fijarse en el juego de músculos que se movían en su espalda mientras colocaba la madera. Parecía antigua, parte de una pieza que debía de estar restaurando. Siempre había sentido mucha curiosidad por su trabajo, por los muebles que restauraba. Pero no se detuvo para preguntarle. Ya le había visto bastante y no quería verle más si podía evitarlo.

Él se puso erguido y se quitó el pelo de la frente. Dejó en el suelo una tabla y fue hacia ella, extendiendo los brazos hacia Harry.

–¿Te vas al hospital?

–Sí –dijo ella, sujetando a Harry con fuerza. El niño extendía sus bracitos hacia Yiannis–. Vamos de camino.

Yiannis frunció el ceño.

–¿Qué?

–Una amiga de la universidad me ha dicho que puedo dejárselo un rato –se volvió hacia la puerta del garaje.

–¿Qué? No. Mala idea –dijo Yiannis, yendo detrás de ella.

Ella se volvió y prácticamente tuvo que echarse contra la puerta. Él estaba tan cerca...

–¿Qué quieres decir? Claire tiene niños pequeños. Le ha invitado.

–Pero él no la conoce.

–¡Y a mí no me conocía hasta hace un día! Ni a ti tampoco –añadió Cat.

Harry se retorcía en sus brazos y trataba de tirarse encima de Yiannis.

–Y ahora sí –dijo Yiannis y le quitó a Harry de los brazos sin hacer el más mínimo esfuerzo–. Parece que está muy tranquilo. ¿Ha vuelto a llorar?

–No. Bueno, una vez. Durante un ratito. Pero conseguí calmarle.

Harry estaba botando en los brazos de Yiannis y acariciándole las mejillas con sus manitas.

Yiannis arrugó la nariz y le mordisqueó los dedos. Harry balbuceó con entusiasmo.

–Bien. Parece que está muy bien –dijo Yiannis–. No queremos que se vuelva a poner a llorar.

–No...

–Un niño necesita estabilidad –le dijo él con firmeza–. No necesita quedarse con una nueva persona cada día.

Había algo en su tono de voz que sonaba inflexible. Cat se dio cuenta de que no iba a hacerle cambiar de opinión. Ese era un Yiannis totalmente desconocido para ella; el Yiannis protector, paternal...

–¿Qué tenías en mente? –le preguntó en un tono serio–. No querrás tener que volver a ocuparte de él.

–Pensaba ir contigo.

–¿Qué? ¿Al hospital?

–Sí, y después ya vemos lo demás sobre la marcha.

–No estás listo.

–Cinco minutos –le dijo él, dirigiéndose hacia la casa con Harry en los brazos.

–Yo lo llevo –Cat corrió detrás de ellos, pero Yiannis no la estaba escuchando.

Llevó a Harry hasta el dormitorio, como si no se atreviera a devolverle al niño, como si lo tuviera de rehén.

Cat casi se sintió tentada de dejarle al niño y de salir corriendo, pero se quedó... Una elección estúpida... Porque unos minutos más tarde, Yiannis reapareció con unos vaqueros y con una camisa de algodón azul claro, remangada hasta los codos, dejando al descubierto sus musculosos antebrazos. Llevaba a Harry sobre los hombros. No se parecían en nada, excepto por el pelo oscuro, y sin embargo, parecían padre e hijo.

–Listo –dijo Yiannis.

–¿Milos quiere venir? –preguntó Cat, sabiendo la respuesta incluso antes de preguntar, pero albergando una pequeña esperanza a pesar de todo.

–No –dijo Yiannis–. Milos se acostó muy tarde –añadió con una sonrisa–. Y a lo mejor tiene un poco de resaca cuando se despierte. Qué pena.

Cat tuvo que reírse al oír ese tono de satisfacción. Y siguió riéndose durante todo el camino hasta el hospital. Él siempre la había hecho reír, excepto cuando hablaba muy en serio. Y siempre la había hechizado con sus palabras. Las cosas no habían cambiado mucho. Pero no podía caer bajo su influjo de nuevo. No podía bajar la guardia, por muy divertido y encantador que fuera.

Pero eso tampoco significaba que fuera capaz de resistirse a él del todo. No podía hacerlo... No sabía cómo permanecer distante e indiferente cuando Yiannis Savas desplegaba todos sus encantos. Era demasiado fácil hablar con él. Siempre había sido así. Hubiera podido resistirse a él si se hubiera dedicado a flirtear con ella abiertamente, pero no lo había hecho. No tenía por qué. Durante el camino, él le preguntó sobre su trabajo y ella le habló de lo que hacía en la biblioteca, contándoles historias a los niños, fabricando marionetas y enseñándoles a hacer muñecos de tela...

–Usamos telas viejas que los niños traen y con ellas hacen muñecos –sus ojos se iluminaban mientras hablaba.

Esperaba que él la interrumpiera, pero no fue así. La escuchaba con atención mientras conducía rumbo al hospital.

–Es como lo que yo hago –le dijo de repente.

–¿Tú?

–Usas cosas viejas para hacer otras nuevas. Yo lo hago con la madera.

Ella entendió lo que quería decir. El trabajo que le

daba dinero era de importación y exportación, pero su auténtica pasión era la madera en sí misma, crear cosas con ella, recuperar piezas dañadas y restaurarlas.

–Devolverlas a la vida –dijo ella mientras él le hablaba de la pieza en la que estaba trabajando en ese momento, un aparador holandés del siglo XVII que había desmontado pieza a pieza y que estaba limpiando.

–Estoy intentando devolverlo a su estilo original –le dijo Yiannis.

El viento que entraba por la ventanilla abierta le alborotaba el cabello. Cat no podía quitarle los ojos de encima.

–¿Estabas trabajando en ello cuando bajamos?

Él asintió.

–Es de mi cuñada. Lleva más de tres siglos en la familia de Sophy, la esposa de George.

–¿Y tú te has atrevido a desmontarlo?

–Es un privilegio. Además, necesitaba una pequeña reparación. Es muy frágil, y podía caerse en cualquier momento. Al final hubieran tenido que tirarlo a la basura. Además, tiene que estar en buenas condiciones para soportar el paso del huracán de niños traviesos que tienen en casa.

–¿Huracán de niños traviesos?

–Bueno, están trabajando en ello –dijo Yiannis–. Una hija, Lily, de momento. Tienen un niño en camino. No creo que hayan terminado todavía –sacudió la cabeza con desesperación.

–Bien por ellos –dijo Cat con firmeza.

Yiannis le lanzó una mirada seria.

–Si tú lo dices.

Había hecho cosas mucho más estúpidas, como saltar en bicicleta del techo de un cobertizo para botes y romperse los dos brazos, caminar entre hiedra venenosa en traje de baño para recuperar una pelota cuando tenía diecisiete años, pedirle a la preciosa Lucy Gaines que le acompañara al baile después de haber olvidado que ya se lo había pedido a su amiga marimacho Raquel Vilas... Había hecho unas cuantas tonterías en su vida, pero la mayor de todas, sin duda, había sido ingeniárselas para conseguir que Cat y Harry pasaran el día con él. Ese pequeño truco que le había jugado el corazón le recordaba que había mucho más en Catriona McLean que una simple compañera de cama. Había olvidado el entusiasmo que sentía por su trabajo, lo mucho que brillaba cuando le contaba esas historias sobre «sus niños», tal y como ella les llamaba, lo que hacían, lo que decían, cuáles eran sus marionetas favoritas...

–¿Vas a seguir trabajando cuando te cases? –la pregunta los sorprendió a los dos.

–Hasta que tengamos niños –le dijo ella finalmente–. Entonces me gustaría quedarme con ellos en casa –miró el asiento de atrás del coche, donde estaba sentado Harry en su sillita–. No voy a tener hijos para que otra persona los críe –le dijo, mirándole directamente con ojos desafiantes.

–Nunca pensé que quisieras otra cosa –le dijo Yiannis, consciente de que nada había cambiado para ella.

–Qué niño tan rico tiene –le dijo la recepcionista del hotel–. Se parece a usted, no a su mujer, ¿verdad?

Yiannis se limitó a sonreír, siguiéndole la corriente. Cat se puso pálida y le lanzó una mirada de preocupación. Pero él se limitó a asentir.

–Podrías haberle dicho que no es nuestro... Tuyo, quiero decir –le dijo Cat cuando se dirigieron hacia la sala de espera, donde él iba a quedarse con Harry mientras ella subía a ver a su abuela.

–No tiene importancia –él se encogió de hombros.

Cat bajó a Maggie en una silla de ruedas para que Harry y él pudieran verla.

–Parecéis una familia feliz –dijo la anciana, sonriente.

–¡Abuela! –Cat se puso roja como un tomate.

–Solo era un comentario. No una predicción.

–Bueno, no digas nada más –dijo Cat en pocas palabras.

Más tarde, de camino a casa, se disculpó con Yiannis.

–Lo siento.

–¿Qué?

–Lo que ha dicho la abuela, sobre Harry, tú y yo. Se le ocurren cosas muy raras.

Yiannis estiró los hombros contra el respaldo del asiento del coche.

–No hay problema.

–Yo nunca he hecho nada para alentarla a pensar esas cosas. Tengo a Adam.

Había algo en su tono de voz que resultaba provocador, y Yiannis no pudo resistir las ganas de contraatacar.

–Oh, muy bien. Adam. El hombre de tus sueños. Encantado de casarse y de tener una familia, ¿no? ¿Dónde dijiste que estaba?

Cat se enfureció de golpe.

–En San Francisco, trabajando –le dijo, entre dientes.

Yiannis esbozó una sonrisa sarcástica.

–Claro.

–¿No me crees? ¿Crees que me lo inventé? –Cat le fulminó con la mirada.

Yiannis sonrió de oreja a oreja y sacudió la cabeza.

–No. Pero estaba pensando que me gustaría conocerle.

Maggie siempre le había hablado bien del novio de Cat, pero también había algo en su tono de voz que denotaba ciertas reservas.

–Puedes conocerle este fin de semana.

Yiannis parpadeó, sorprendido.

–Viene el sábado por la tarde.

–¿Ah, sí? –Yiannis apretó el volante con fuerza y condujo en silencio durante el resto del viaje. Cat tampoco habló. Parecía sumida en sus propios pensamientos, probablemente sobre Adam...

Harry estaba profundamente dormido cuando llegaron.

–¿Y ahora qué? –dijo Cat, abriendo la puerta de atrás–. ¿Y si le despierto?

–Yo lo llevo.

–¿Y si le despiertas?

–No lo haré –le quitó el cinturón de seguridad y lo tomó en brazos con cuidado.

–¿Qué haces? –le preguntó Cat al ver que se dirigía hacia su propia casa. Ella ya estaba subiendo las escaleras del apartamento de Maggie.

–Le voy a dejar que duerma el resto de la siesta –dijo Yiannis por encima del hombro.

Era tan injusto. El hombre... el encanto... Esa sonrisa endiabladamente tentadora. Pero no eran solo los atributos físicos y la personalidad... También estaba la facilidad con la que se ocupaba de Harry, su amor por la madera con la que trabajaba, la forma en que la escuchaba hablar de su trabajo... Incluso le preguntaba acerca de las marionetas... Debería haber dicho que no... Debería haber seguido de largo rumbo al apartamento de la abuela y haberle dejado llevarse a Harry a su casa... Debería haberle dejado trabajar solo, mientras Harry dormía.

Pero, en vez de hacer eso, como una tonta empedernida, o una fan enamorada, le había seguido hasta su taller, y había vuelto a caer bajo el influjo de Yiannis Savas. El aparador iba a quedar impecable. Cat se lo podía imaginar con solo ver la parte que estaba restaurando. A lo largo de un siglo, había pasado por las manos de una serie de médicos de Nueva York, que lo habían usado para almacenar medicinas en sus consultas. Alguien había sustituido la parte superior a finales del siglo XIX, pero a Cat no le parecía que hubiera habido cambio alguno.

–¿Cómo lo sabes? –le preguntó ella. Y él le enseñó todos los cambios y reparaciones que le habían hecho a la pieza a lo largo de los años.

–Es igual que lo de tus muñecos de tela.

Cat deslizó una mano sobre el mueble, palpó la madera suave bajo las yemas de los dedos. Era suave al tacto, cálida, casi como la piel. Le recordaba aquellos tiempos en que había sido libre para tocar la piel de Yiannis. Con solo pensar en ello, sintió que las mejillas se le encendían. Apartó la mano rápidamente.

–Debería irme, dejarte trabajar.

–Quédate –le dijo él–. Siéntate y habla conmigo. A veces es aburrido estar tan solo.

Ella parpadeó y después se le quedó mirando. Él nunca la había invitado a quedarse en su taller... Se había sentado en un taburete frente a su mesa de trabajo, y estaba desmontando uno de los pequeños cajones. Cat le observaba... Su interés estaba dividido entre el hombre y lo que sus dedos expertos hacían con la madera.

Se dijo a sí misma que se iría pronto. Pero todavía estaba ahí cuando Milos volvió de hacer surf. Y todavía seguía allí cuando Harry se despertó y empezó a dar palmas. Le sacó de su cuna y lo llevó de vuelta al taller de Yiannis.

Y todavía seguía allí cuando Milos anunció que iba a pedir una pizza y les preguntó cuál les apetecía.

—La de salchichas y champiñones —contestó Yiannis—. Y una pequeña de vegetales con extra de aceitunas y corazones de alcachofas.

Cat, que llevaba un rato observando a Harry mientras este intentaba subirse a la mesa, levantó la vista de repente. Yiannis acababa de pedir su pizza favorita.

Él la miró fijamente a los ojos, y se encogió de hombros.

—¿Cómo iba a olvidar una pizza tan rara como esa?

Cuando por fin se llevó a Harry al apartamento y lo acostó en la cama, no puedo evitar pararse a oscuras durante un rato en la cocina, y observarle a través de la ventana mientras trabajaba en su taller. Estaba sentado en su taburete, donde llevaba casi toda la tarde. El pelo le caía sobre la frente mientras trabajaba en unas de las patas dañadas del mueble. Ella le observaba con atención mientras trabajaba la madera y recordaba un tiempo en que esas manos se habían movido con la misma soltura sobre su cuerpo. De repente, él soltó la pata sobre su mesa de trabajo, bajó del taburete y desapareció. Sorprendida, Cat se quedó mirando el taburete vacío, la pata que había estado restaurando...Y entonces, la puerta trasera de la casa se abrió y Yiannis salió. Ella retrocedió para que él no pudiera verla. Contuvo el aliento. Pero él no levantó la vista. Se puso una chaqueta y masculló algo por encima del hombro. Unos segundos más tarde, salió Milos, poniéndose una sudadera. El joven sonrió, dijo algo que Cat no pudo oír e hizo el típico gesto de una mujer con curvas... Yiannis levantó las cejas, sonrió y asintió con la cabeza. No se dieron la vuelta ni volvieron hacia el garaje. Rodearon la casa y se dirigieron hacia la acera que daba al frente de la casa. Evidentemente, iban a ir andando adondequiera que fueran. Y a esa hora de la noche... Poco más de las nueve... Cat sabía muy bien qué establecimientos estaban abiertos... Restaurantes y bares...Ya habían cenado pizza con ella.

No. Nada había cambiado.

Yiannis había salido a cazar. Otra vez.

Capítulo 6

CUANDO Cat bajó con Harry a la mañana siguiente no había ni rastro de Yiannis. No estaba fuera trabajando. Se sintió tentada de seguir de largo, pero no lo hizo porque no quería que la acusaran de salir corriendo, así que llamó a la puerta de atrás alrededor de las nueve y media de la mañana. Todavía estaba nublado y la mañana de marzo parecía mucho más fría de lo que marcaban los termómetros. Cat se estremeció un poco mientras esperaba a que él abriera. Y se estremeció más al ver que él no salía. Volvió a llamar.

–¿Pa...? –dijo Harry, esperanzado.

No podía ser «papá». Harry no había conocido al suyo. No obstante, resultó un poco desconcertante oírlo.

–No lo es –le dijo Cat, por si acaso.

Yiannis abrió la puerta de par en par en ese momento, sin camisa, sin afeitar, y con cara de pocos amigos. Tenía el pelo de punta, despeinado.

–Oh, vaya, lo siento. Te he despertado –Cat se preguntó si estaría solo en la cama y su cara debió de delatarla.

Él pareció enfadarse aún más, pero no dijo nada.

–No debería haber venido. Solo quería que supieras que voy a llevar a Harry a la casa de Claire esta mañana –le dijo con firmeza. Esa vez no iba a convencerla para que no lo hiciera.

–Haz lo que quieras –le dijo Yiannis en un tono cortante.

–Lo haré. Vuelve a la cama –le dijo.

Dio media vuelta y salió de la casa. Metió a Harry en el coche y se puso en camino.

«Lo has conseguido...», se dijo, mientras conducía.

Tenía fuerza de voluntad, poder de decisión... Sentido común. A lo mejor no había hecho lo que quería hacer, pero sí lo que necesitaba hacer. A lo mejor por fin estaba superando esa necesidad que siempre había sentido por los finales felices.

–Está evolucionando muy bien –le dijo el doctor Singh.

Había ido a ver a su abuela y después se había reunido con ella en el área de espera.

–Es una persona con mucha fuerza de voluntad. Está deseando volver a su casa. La señora Newell es una mujer extraordinaria.

–Lo es.

–Probablemente pueda empezar con la terapia dentro de una semana. Podemos buscarle un sitio, ya que vive en un primer piso.

–Sí, aunque también estaba pensando que podría llevármela conmigo a San Francisco. Allí podríamos buscar un lugar que fuera apropiado para ella. Mi casa no lo es. Pero la casa de mi prometido sí. O también puedo buscarle un sitio cercano a mi casa –no mencionó la oferta de Yiannis. No era su primera opción, en absoluto.

–Es una posibilidad –dijo el médico–. Habría que buscarle otro médico y otro terapeuta. Pero podemos hacerlo. Debería hablar con su abuela. Lo que sea más cómodo para ella es lo mejor. Se esforzará más para mejorar si está contenta y ve que puede conseguirlo.

Cat estuvo de acuerdo.

–Hablaré con ella.

De camino a la habitación de su abuela, ensayó la conversación una y otra vez.

–Buenas noticias –le dijo con alegría–. En una semana estarás fuera de aquí.

–¿Una semana? –la abuela parecía consternada.

–Están muy contentos con tu evolución. El doctor Singh dice que puedo hacer preparativos en cuanto salgas.

–Me voy a casa.

–Eso sería estupendo –dijo Cat–. Pero todavía no vas a poder subir las escaleras. He pensado que podrías venirte a San Francisco conmigo durante una temporada.

–Tú también vives en alto.

–Puedo buscarte un sitio donde te puedan hacer la rehabilitación durante un tiempo –Cat puso su mejor cara–. Sería algo temporal.

Maggie se vino abajo.

–O quizá... –dijo Cat–. Podrías quedarte con Adam.

Maggie apretó los labios.

–No creo que a Adam le guste la idea.

–Claro que sí –dijo Cat con más confianza de la que sentía.

Adam era una persona difícil de convencer, como buen banquero que era. La flexibilidad no era uno de sus puntos fuertes. Pero sí que era razonable.

No le mencionó la oferta de Yiannis, no obstante. Su ofrecimiento había sido demasiado precipitado. Él hacía cosas así, pero seguramente tampoco querría un cambio tan grande en su vida. No quería que nadie limitara su libertad.

–Ya pensaremos en algo –dijo Cat.

–Practicaré lo de subir escaleras –dijo la abuela.

–Cuando la terapeuta diga que puedes.

Maggie puso una cara que no dejaba lugar a dudas.

Para cuando se marchó de la habitación, Cat ya sabía que su abuela estaba decidida...

Harry se había acostumbrado muy bien a Claire y a sus hijos. Eran dos, un niño de un año llamado Andrew y una niña de cuatro llamada Izzy. Según su madre, a Izzy le encantaban los bebés y era evidente que estaba encantada con Harry. Este también la adoraba y la seguía a todas partes a gatas.

–Necesita una hermana mayor –dijo Claire, riendo.

–Bueno, no creo que vaya a tener una –contestó Cat–. Pero a lo mejor tendrá una más pequeña algún día... Gracias por cuidar de él –le dijo a Claire.

–De nada. Cuando quieras, me lo dejas. Ojalá vivieras más cerca. Ya no te vemos como antes. Podrías volver.

–No lo creo –dijo Cat.

–Oh, bueno. Me ha gustado verte esta vez, aunque sea –Claire le dio un abrazo y la acompañó a la puerta–. ¿Has visto a Yiannis?

Cat no esperaba esa pregunta y oír su nombre fue como una bofetada en la cara. No debería haberse sorprendido, no obstante. Claire había conocido a Yiannis cuando estaban juntos y Cat se lo había contado todo cuando habían cortado.

–Eso no tiene futuro. Yiannis no quiere sentirse atado –le había dicho entonces.

–Egoísta –le había dicho Claire.

De vuelta al presente, Cat asintió con la cabeza.

–Es el casero de mi abuela –le recordó a Claire–. ¿Por qué?

–Me lo encontré hace unos meses en una carnicería de Newport, y me sorprendió ver que se acordaba de mí. Me preguntó por ti.

–¿Yiannis te preguntó por mí?

–Pensé que quizá habría cambiado de opinión.

–No –dijo Cat–. Eso no.

Debería haberle dicho que se llevaba a Harry, pero... Quería su vida, tal y como era antes. Desde que Maggie se había roto la cadera y Cat había vuelto a aparecer en su vida, nada había vuelto a ser igual. Ella se había marchado tres años antes. Él se había enfadado mucho; estaba convencido de que volvería en cuanto se diera cuenta de lo que tenían... Pero ella no había vuelto. Y él había pasado página. Su vida no había vuelto a ser la misma sin ella, no obstante. Nadie podía hacerle reír como ella. Los recuerdos... Por ellos la había convencido para que no se llevara a Harry a casa de Claire el día anterior. Por ellos había pasado el día a su lado, fabricando más recuerdos. En algún momento esperaba darse cuenta de que ella era una más, igual que el resto de mujeres, reemplazable, olvidable... Pero no había funcionado. Y tenerla en su taller la noche anterior había empeorado mucho las cosas. Estaba contento de tenerla allí; había disfrutado de su presencia, de sus comentarios, de su conversación... Pero con Cat nunca tenía bastante, nunca era suficiente. Había intentado refugiarse en el trabajo. Se había dedicado a reparar esa pata rota del mueble, tratando de perderse en la madera, como siempre había hecho. Pero esa vez había sido imposible. Los recuerdos de ella le asaltaban sin tregua; el sonido de su risa le atormentaba... En su cabeza podía verla apartándose el pelo de la cara, mirándole con esos ojos cálidos y seductores... Ni siquiera había podido terminar de atornillar la pata al mueble... Los dedos le temblaban tanto... Había dejado el trabajo a medio hacer y había salido por la puerta como si lo persiguieran cien demonios, rumbo a DeSoto's, el bar al que Milos y él no habían ido la noche anterior y en el que, según le decía su primo, las chicas eran incluso más guapas... Se había quedado hasta la hora del cierre y había ahogado sus penas en cerveza... y en los recuerdos de Cat.

El teléfono estaba sonando cuando Cat y Harry volvieron de la casa de Claire. Harry se estaba mordiendo el puño y dando patadas, dejándole claro que estaba hambriento, así que Cat lo puso sobre una manta, en el suelo, y puso un puñado de Cheerios en un bol a su lado, sabiendo que las chucherías terminarían por todo el suelo antes de que pudiera llevárselas a la boca.

Pero no importaba. Ya sabía que no. Ya conocía a Harry. De repente sintió un gran amor por el pequeño y le alborotó el cabello al tiempo que respondía al teléfono.

–¿Hola?

Se oyó un sonido hueco y después una pausa.

–¿Con quién hablo? –preguntó una voz femenina en un tono de sospecha.

–¿Misty?

–Sí. ¿Con quién hablo?

–Con Cat.

–¿Cat? –hubo una pausa–. ¿Qué estás haciendo ahí? –le preguntó Misty. No había entusiasmo alguno en su voz.

–Tratando de localizarte –le dijo Cat, molesta, pero ecuánime–. Te he dejado mensajes.

–¿Por qué? ¿Qué pasó? Oh, Dios mío. ¡Es Harry!

–No se trata de Harry...

–El teléfono no me funciona aquí –dijo Misty, interrumpiéndola–. ¡Sabía que pasaba algo! He llamado un montón de veces, cada vez que encontraba una cabina.

¡Pero nunca hay nadie en casa! ¿Qué pasa? ¿Dónde está la abuela? ¿Por qué me has dejado mensajes? ¿Dónde está Harry?

Con cada pregunta Misty parecía más y más nerviosa.

–Harry está aquí mismo, comiéndose unos Cheerios.

–Oh –hubo una pausa–. Bueno, muy bien –añadió, algo más calmada–. ¿Pero entonces dónde está la abuela? ¿Por qué estás tú ahí? –la sospecha había vuelto a su voz–. ¿Qué pasa, Cat? ¿Por qué tienes a Harry?

–Estoy tratando de decírtelo –dijo Cat con un poco menos de paciencia de la que hubiera querido tener–. La abuela se rompió la cadera. Está en el hospital.

–Oh, Dios mío. ¿Qué ha pasado?

Siendo tan escueta como le fue posible, Cat le contó todo lo que había pasado.

–Traté de comunicarme contigo desde el momento en que llegué. Llamé y dejé varios mensajes. Muchos.

–Bueno, yo también te hubiera dejado mensajes –le dijo Misty, a la defensiva–. Pero la abuela no tiene contestador. Ya lo sabes. No es que me haya ido así como así y me haya desentendido de todo.

Eso era exactamente lo que parecía, pero Cat se dio cuenta de que Misty probablemente decía la verdad. La casa había estado vacía todo el día y, debido a la diferencia de horarios, Misty debía de estar ya en la cama, cuando ella llegaba del hospital.

–Lo sé –le dijo Cat, intentando apaciguar los ánimos–. Lo entiendo.

–Creo que no –dijo Misty–. ¡Es mi hijo! Tú no tienes niños. ¿Cómo ibas a entenderlo?

Cat se sintió como si le acabaran de dar una bofetada en la cara. Las cosas siempre habían sido así con Misty.

–No me hace falta tener niños propios para quererlos, Misty.

–Ya.

–He cuidado bien de él. Harry está bien.

–Bueno, gracias –dijo Misty con reticencia unos segundos después–. ¿Le ha salido el diente? –le preguntó, repentinamente emocionada e impaciente–. Le estaba saliendo cuando me fui.

Cat oyó algo parecido a la preocupación de una madre en su voz.

–Sí que le han estado saliendo los dientes –no mencionó lo de los gritos, ni lo del extracto de vainilla.

–Llora y llora sin parar –le dijo Misty–. Pobrecito. A veces no sé qué hacer. Quería traerle conmigo, pero... no debí marcharme... Tomaré el próximo vuelo.

Cat se sintió como si el aire huyera de sus pulmones.

–¿Vuelves a casa? No tienes por qué –le dijo–. Quiero decir que Harry está en buenas manos. En serio. La abuela me dijo que tenías... cosas importantes que hacer.

–Te refieres a decirle a Devin que tiene un hijo, ¿no? –le dijo Misty, tomándola por sorpresa.

Jamás hubiera esperado una admisión tan sincera por su parte.

–Sí, bueno, pero...

–A eso vine –le dijo Misty con contundencia–. Él llamó y me pidió que viniera durante su permiso. Me llevé una gran sorpresa. Habíamos roto antes de enterarme de que estaba embarazada... Y después él me llamó... Fue toda una sorpresa. No fui capaz de decirle por teléfono lo de Harry. Y no podía traerle conmigo, así que le pedí a la abuela que cuidara de él y me vine a Alemania.

–Y... ¿Ha ido todo bien?

–Sí –dijo Misty con entusiasmo–. Nos hemos casado... Tiene tantas ganas de ver a Harry. Le queda una semana más o menos. Ya verás cuando se lo diga. Estaremos ahí enseguida.

–Misty, yo...

–Te llamo. Dale muchos besitos a mi niño de su mami.

Y así, sin más, Misty colgó. Era tan típico de ella. Cat se quedó perpleja, con el auricular en la mano... De pronto Harry dio un grito. Era evidente que los Cheerios no iban a ser suficiente.

Tenía intención de dejar a Harry en casa de Claire durante una hora el sábado por la mañana, pero el teléfono la despertó a eso de las siete.

–Déjame a Harry aquí cuando te vayas al hospital –le dijo Yiannis.

–Puedo llevarle a casa de Claire –dijo Cat, intentando despertarse.

Harry también se había despertado.

–¿Estabas dormida?

–No, eh, bueno, sí. ¿Qué más da?

Él murmuró algo.

–Lo siento. Pensaba que Harry ya te habría despertado.

–Harry me ha dejado dormir un rato –Cat miró al niño y sonrió.

El pequeño se había incorporado del todo y la observaba con atención. De pronto extendió los brazos para que ella le pudiera recoger.

–Tenemos un acuerdo –le dijo.

–Suerte que tienes –dijo Yiannis en un tono seco, pero parecía que lo decía de verdad.

Y era cierto. Se sentía afortunada de haber pasado esos días con Harry. Hacían un buen equipo. Y no le gustaba la idea de que Misty regresara tan pronto y se lo llevara. Suspiró.

–Misty vuelve a casa.

–¿Qué? ¿Cuándo? –Yiannis parecía tan sorprendido como ella.

Harry dejó escapar un grito al ver que ella no le tomaba en brazos como esperaba.

–Mañana. Tengo que irme.

–Tráele –le dijo Yiannis antes de que colgara.

–Pero...

–Hazlo. Ya me contarás lo de Misty.

Viendo que no le quedaba elección, vistió a Harry, le dio el desayuno, se dio una ducha y le llevó abajo. Yiannis abrió la puerta del patio al mismo tiempo que ella, así que no tuvo oportunidad de cambiar de idea. Él tenía el pelo alborotado y una barba de medio día, pero por lo menos estaba vestido. Iba descalzo, no obstante. Le quitó a Harry de los brazos.

–Pensaba que Maggie había dicho dos semanas.

Cat se encogió de hombros.

–Sí, bueno, por lo que se ve tiene un instinto muy maternal en el cuerpo. O a lo mejor es que no se fía mucho de mí.

–¿Te dijo eso? –le preguntó Yiannis, claramente ofendido.

–Lo insinuó –dijo Cat, encogiéndose de hombros–. Pero no me sorprende. Siempre ha sido así conmigo. Pero esta vez creo que realmente estaba preocupada por Harry. Se ha casado con su marine y vienen los dos. Devin también, para conocer a Harry.

Yiannis sacudió la cabeza y entonces esbozó una sonrisa.

–¿Qué te parece eso, Harry? Vas a conocer a tu padre.

Harry le devolvió la sonrisa y dio palmas.

–Pap... –dijo, agarrándole de las mejillas–. ¡Pap...!

Cat se sorprendió al ver que Yiannis se sonrojaba.

–Yo no –le dijo al niño, como si Harry tuviera idea de lo que estaba diciendo.

Pero a Harry ya no le podían parar.

–Pap –volvió a decir, golpeando las mejillas de Yiannis con ambas manitas–. Pap, pap, pap...

Era la primera vez que veía ponerse nervioso a Yiannis.

–Creo que no está insistiendo en lo de la paternidad. Creo que solo está practicando con las consonantes.

Yiannis la miró con ojos escépticos y entonces se encogió de hombros.

–No quiero que se le meta ninguna idea rara en la cabeza.

–No.

Cat tampoco quería que se le metieran ideas raras en la cabeza, pero verle con ese bebé en los brazos resultaba una visión difícil de ignorar.

«Piensa en Adam...», se dijo.

Y lo intentó. Pero fue un gran alivio que llegara el sábado por la tarde y que Adam se presentara por fin.

–Catriona –una sonrisa iluminó el rostro de Adam cuando la vio junto a la cinta transportadora del equipaje.

–Por fin –Cat respiró hondo. Prácticamente se lanzó a sus brazos y le devolvió el beso con frenesí.

Fue Adam quien rompió el beso y retrocedió. Arqueó las cejas, sorprendido.

–Vaya. A lo mejor deberías irte más a menudo –sonrió.

–No –Cat sacudió la cabeza–. ¿Has traído algo de equipaje?

–Solo voy a quedarme una noche.

Era cierto, pero una parte de ella esperaba que él decidiera quedarse algo más de tiempo.

–Regreso mañana por la tarde.

Cat trató de esconder su decepción y le agarró del brazo.

–No importa. Lo pasaremos muy bien mientras estés aquí.

Adam esbozó su mejor sonrisa.

–¿Dónde está ese niño del que me has hablado? –le preguntó mientras caminaban hacia el coche. Miró a su alrededor, como si esperara encontrarse al niño escondido en algún sitio.

–Está con el vecino de la abuela –dijo Cat.

No había sido idea suya. Hubiera llevado a Harry a conocer a Adam, pero al volver del hospital se había encontrado con Milos en la puerta.

–Yiannis se lo llevó a la playa.

–¿Ahora? Harry tiene que dormir su siesta.

–Y puede dormir mientras estés en el aeropuerto. No tardarán mucho. Pensó que te gustaría –le había dicho Milos–. Así tendrás más tiempo para estar con tu chico –Milos había arqueado una ceja de forma sugerente.

–¿Yiannis te dijo eso?

–Bueno, en realidad dijo que iba a enseñarle a ligar con chicas.

Cat sí se creía esa parte.

–Ya sabe hacerlo –le había dicho ella–. Volveremos a recogerle tan pronto como podamos –le había dicho, dirigiéndose hacia el garaje.

Desde el momento en que Adam subió al coche, se dedicó a mirarle, tratando de memorizar cada rasgo, recordando todo lo que le gustaba de él... Todas aquellas cosas en las que le ganaba a Yiannis. Y no era difícil.

–Vamos a un centro comercial lujoso –le dijo al tiempo que ella salía del aeropuerto y se dirigía hacia el oeste–. ¿Hay alguno en el sur de California?

Ese era su único fallo. Como buen norteño que era, no se encontraba muy a gusto en el sur del estado.

–Sorprendentemente, sí que tenemos.

Él pareció dudarlo.

Le llevó a Neiman Marcus. No se podía ir a un sitio más chic que ese, ni siquiera en San Francisco. Adam suspiró aliviado cuando atravesaron las puertas.

–Sí. Podemos encontrar algo aquí.

Cat encontró algo en un par de minutos. Adam quería que se probara varias cosas, comparar vestidos, evaluar los pros y los contras. Pero Cat no necesitaba desfilar con vestidos que la envolvían en volantes y la hacían parecer una tarta.

El traje que había escogido bien podría haber sido una copia de un despampanante vestido que había llevado una dama de honor en la última boda de la realeza británica, pero el azul era más oscuro. Se lo probó. Le quedaba muy bien y se ceñía a sus curvas lo suficiente como para permitirle enseñar que sí las tenía. El escote era discreto, pero insinuante. Y sobre todo, el modelo no chocaba con su pelo rojo. ¿Por qué iba a mirar más?

–A lo mejor ves algo que te gusta más.

–No –le aseguró Cat.

Debió de ser muy firme con su respuesta porque Adam pareció rendirse. Miró el reloj.

–Te ha llevado menos de una hora. Debes de ser la única mujer en el mundo capaz de hacer eso.

Cat lo dudaba, pero no iba a discutir.

Adam también quería comprarle zapatos, pero Cat se negó.

–Tengo zapatos. Quiero llevar zapatos cómodos.

–No irás a llevar esas viejas sandalias.

–No, no –le aseguró ella.

Sabía a cuáles se refería. Solía llevarlas al trabajo. Eran las sandalias más cómodas del mundo.

–Tengo otro par más elegante –le dijo, sabiendo que esa palabra aplacaría sus miedos–. Será mejor que nos demos prisa. Quiero pasar por el hospital antes de ir a recoger a Harry.

Llevar a Adam al hospital entrañaba cierto riesgo. No sabía muy bien qué haría o diría la abuela, pero por lo menos así sabría si era buena idea proponerle lo de San Francisco.

Cuando entraron en la habitación, Cat contuvo el aliento. Pero Adam siempre se mostraba educado y agradable y, al parecer, la abuela estaba de muy buen humor. Estaba mucho más animada que cuando Cat había hablado con ella el día anterior. Debía de haberse dado cuenta de que ir a San Francisco no era una mala idea. Adam le puso el brazo sobre los hombros.

–¿Y cómo iba a resistirme cuando me dijo que me necesitaba? –exclamó, dirigiéndose a Maggie.

La abuela levantó las cejas. Le miró y después miró a Cat.

–¿Dijo eso?

Adam asintió, sonriente, y le dio un apretón de hombros a su prometida.

Maggie la miró fijamente, aguzando la mirada. Cat se puso nerviosa.

–Le echaba de menos –dijo, a la defensiva.

–Claro –dijo Maggie, pero no parecía muy convencida.

Adam, por el contrario, parecía pensar que la anciana estaba totalmente de acuerdo.

–Yo pensaba que estabas demasiado ocupada –dijo Maggie.

Cat no contestó a eso. Cambió de tema. Abrió la bolsa

del vestido y se lo enseñó a su abuela mientras le contaba lo de la fiesta.

–¿Es el próximo fin de semana? –le preguntó, después de admirar el vestido durante unos segundos.

–El sábado –dijo Cat.

–¿Te vas? –una luz se apagó en su mirada–. ¿Y si te necesito?

Cat abrió los ojos, sorprendida, y entonces arrugó los párpados, haciendo un gesto de sospecha. Sin embargo, la abuela se limitó a devolverle la mirada sin artificio alguno, con las cejas arqueadas como si albergara una gran esperanza.

–No me iré para siempre –le dijo Cat–. Y tú puedes venir en cuanto te den el alta.

Todavía no estaba segura de si debía sugerirle que se quedara con Adam durante esas semanas.

–Adam me puede ayudar a buscar un sitio para ti –le dijo finalmente.

–Oh, no –dijo Maggie de inmediato–. Eso no es necesario. Me quedo con Yiannis.

–¿Qué?

–Ya hablamos de eso ayer. Me dijo que te lo había comentado –le lanzó una mirada acusadora a Cat.

–Me lo comentó de pasada, cuando estabas en el quirófano. No hemos hablado de ello desde entonces. No sabía si él seguía pensando en ello.

–Bueno, pues sí que lo tiene en mente. Me lo dijo.

–No sé –dijo Cat.

No parecía que Maggie fuera a ser fácil de convencer.

–Es muy amable de su parte –dijo Adam–. Y mucho menos estresante para tu abuela que venir a la ciudad. No creo que eso sea fácil para ella.

De repente Adam y la abuela se confabularon en su contra. Cat sabía que era inútil ponerse a discutir.

–Ya veremos –dijo.

–Es un chico entrañable –dijo la abuela, satisfecha.

¿Yiannis? ¿Un chico entrañable? En absoluto. ¿Y por qué no le había dicho que había hablado con la abuela?

–Vino a verme anoche –dijo Maggie–. Me trajo unas flores –le dijo a Adam con orgullo, señalando el bouquet de margaritas que estaba junto a la ventana.

Cat había reparado en las flores que estaba en la mesa, pero en ese momento las miró mejor.

–¡Son tus flores!

Estaban en un tarro de mermelada. Y podía reconocerlas muy bien. Crecían en el jardín que estaba al lado de la casa.

–Ahora también son las flores de Yiannis –dijo la abuela–. Es su casa. Además, aunque yo fui quien las planté, fue él quien pensó en traerlas. Es el pensamiento lo que cuenta.

Cat sabía que no iba a conseguir decir la última palabra, así que fue hasta la cama y besó a su abuela en la mejilla.

–Te veo mañana –le prometió.

Su abuela le tocó la mejilla y la miró a los ojos un instante. Después miró a Adam, que estaba parado junto a la ventana. Cat creyó verla fruncir el ceño, pero no quiso darle demasiadas vueltas. Se incorporó, esbozó una gran sonrisa para su abuela, se despidió con un gesto y agarró la mano de Adam con firmeza.

–Vámonos, Adam.

Adam Landry no parecía banquero. Parecía uno de esos dioses griegos que Yiannis había tenido que dibujar en clase de arte en el instituto. Era alto, de espaldas anchas, piel bronceada como un jugador de tenis, y un corte de pelo que debía de haberle costado cien dólares. Le estrechó la mano con firmeza y sonrió con sus dientes perfectos. Yiannis le tomó aversión nada más verle.

–¿Eres pariente de Tom? –le preguntó, fijándose en cómo le agarraba la mano Cat.

–¿Tom? –Adam no parecía entender.

–Supongo que no.

Yiannis no se sorprendió. Era poco probable que el prometido de Cat pudiera ser pariente de uno de los mejores entrenadores de fútbol americano.

–Es de los Landry de Atherton –apuntó Cat, como si eso lo explicara todo.

En realidad, probablemente sí que lo explicaba todo, sobre todo sabiendo que Atherton era una pequeña ciudad situada al norte del estado de California, un sitio precioso y muy exclusivo, una de las comunidades más ricas de todo el país. Yiannis se sorprendió al ver que aquello parecía importarle mucho a Cat. Ella nunca había sido de las que adoraban la opulencia, aunque a lo mejor, si venía en un envoltorio tan apetecible como Adam Landry, las cosas eran diferentes. Yiannis sintió ganas de apretar los dientes, pero finalmente prefirió esbozar una sonrisa perezosa, cómplice.

–Debería habérmelo imaginado –dijo, manteniendo el tono de voz.

Pero Cat no era ninguna tonta. Su sonrisa se desvaneció. Le lanzó una dura mirada.

–Le he llevado a ver a la abuela –le dijo ella–. Y ahora hemos venido a buscar a Harry.

–Harry está durmiendo.

Yiannis no sabía si estaba durmiendo o no. Milos se había quedado con el niño desde que habían regresado de la playa, para que él pudiera adelantar algo de trabajo. De hecho, llevaba una hora y media devolviendo llamadas y haciendo pedidos, tratando de no pensar en nada más. Pero en ese momento tenía delante a la mujer que tanto había intentado sacarse de la cabeza, y no iba a dejarla llevarse a Harry con Adam Landry de los Landry de Atherton así como así.

—Entrad y tomaros una cerveza —les dijo.

—No podemos —dijo Cat.

El gesto risueño de Adam se transformó en una sonrisa agradecida.

—Genial. Me vendría bien tomarme una. Y encantado de conocerte. He oído hablar mucho de ti.

—¿Ah, sí? —le preguntó Yiannis, arqueando las cejas.

—¡Por mí no! —exclamó Cat.

—No —dijo Adam—. Por tu abuela. La última vez que estuve aquí... —dijo, dándole explicaciones a Cat—. Le gustan tus flores —le dijo a Yiannis.

Yiannis sonrió.

—Sus flores —señaló Cat en un tono de pocos amigos.

La sonrisa de él se hizo más grande y entonces se encogió de hombros.

—Entrad —les dijo, abriendo la puerta.

Dio media vuelta y les condujo hacia la cocina. Al entrar fue directamente a la nevera y sacó unas cervezas. Le dio una a Adam y después abrió otra y se la dio a Cat.

—Relájate.

Pero ella no lo hizo.

Yiannis pensó que su reacción era muy interesante. Desde su llegada, parecía caminar sobre brasas ardientes... Estaba tensa y saltaba con cualquier comentario suyo... Se empeñaba en explicarle cosas a Adam, pero este no decía mucho... Los únicos que parecían estar relajados eran Milos y Harry, que entraron unos minutos después. Harry sí había estado durmiendo e iba frotándose los ojos, en brazos de Milos.

—Este es Harry —dijo Cat, tomando al niño de los brazos de Milos y volviéndose hacia su prometido—. ¿No es adorable? —le preguntó, sonriente.

Adam asintió. No parecía muy convencido, no obstante.

—Dámelo —dijo Yiannis y se lo quitó de los brazos a Cat. Le dio una galletita para que masticara algo.

Cat lo fulminó con una mirada.

—Solo trato de ayudar —dijo Yiannis, encogiéndose de hombros.

—Últimamente solo sabes ayudar, ¿no?

—¿Ah, sí? —exclamó él al oír su tono de voz.

—¿Vas a invitar a la abuela a quedarse contigo?

—¿Supone algún problema?

Ella abrió la boca y la cerró de nuevo. Le dio la espalda.

—¿Fuiste a hacer surf esta tarde, Milos?

Al ver que ella le ignoraba por completo, Yiannis se limitó a observarla. Esa no era la Cat que conocía... Delante de Adam Landry de los Landry de Atherton se convertía en una mujer sumisa, deferente, cohibida...

—Lo compré en la tienda de regalos del hospital —estaba diciendo, recordando algo que había comprado para Harry—. Pero lo dejé en el coche. Ahora vuelvo.

Cuando se marchó, Yiannis se volvió hacia Adam.

—¿No crees que Maggie debería estar en San Francisco contigo y con Cat?

Adam sacudió la cabeza.

—Definitivamente no. No le gustaría nada... Además, no es bueno para Cat. Está demasiado obsesionada con su abuela.

—Es la única familia que tiene —señaló Yiannis.

–Sí. Y yo sé que Cat le debe mucho. Pero estaría preocupada todo el tiempo si su abuela viviera con ella. Necesita un poco de espacio.

Yiannis guardó silencio. En ese momento regresaba Cat con una caja amarilla perfectamente envuelta.

–Aquí está –dijo, con una sonrisa radiante.

Yiannis puso a Harry en el suelo de la cocina para que ella pudiera ponerle el paquete sobre el regazo. Juntos abrieron la caja. Dentro había un conejito de peluche muy suave. Harry lo agarró rápidamente y empezó a morderle la nariz.

Cat agarró el conejito y le hizo cosquillas en la barriga al niño con el muñeco.

–Al conejito le gusta mucho Harry. Dale un beso.

Harry se rio, rodeó al muñeco con ambos brazos y le dio un beso. La cara de felicidad de Cat era digna de ver. Casi parecía que iba a llorar de alegría.

Cat y Adam se llevaron a Harry a dar un paseo antes de cenar. Milos se había ofrecido a cuidar del niño para que pudieran salir por la noche.

Yiannis se quedó con su primo en la casa.

–¿Qué demonios estás haciendo? –le preguntó, con cara de pocos amigos.

–Cocinando –Milos le ofreció su mejor sonrisa.

Para sorpresa de Yiannis, se había ofrecido a preparar la cena, y se desenvolvía bastante bien.

–O lo intento. Oye, me voy mañana. Es mi forma de darte las gracias por la hospitalidad. Aunque a lo mejor debería agradecérselo a tu madre y no a ti –la sonrisa se hizo más grande. Le dio un golpe en el codo a Yiannis para quitarle del medio y poder acceder a la nevera–. Me estás estorbando.

–¿Sabes cocinar?

Milos se encogió de hombros.

–Ya lo averiguaremos.

Aquello no sonaba muy prometedor.

–¿Crees que ella diría que sí si se lo preguntaras?

Yiannis se le quedó mirando, confundido.

–¿Crees que él es el hombre adecuado para ella?

–¿Y yo qué sé? ¡No le conozco!

–Exacto –dijo Milos–. Y, si pasas un poco de tiempo con ellos, a lo mejor lo averiguas.

–No importa. No voy a ser yo quien se case con él.

–¿Y ella?

–¿Qué pasa con ella? –Yiannis se le quedó mirando fijamente–. ¿Qué?

–Solo era una pregunta –Milos se encogió de hombros–. Toma –se volvió hacia Yiannis y le puso un paquete en las manos–. Limpia los camarones.

La cena no estuvo del todo mal. Milos era mejor cocinero de lo que parecía y además tenía razón. Mientras comían tuvo oportunidad de observarlos mejor. Y cuanto más sonreía ella, más furioso se ponía.

«Sí, Adam. Estoy de acuerdo, Adam. Tienes razón, Adam...».

Eso era todo lo que le decía.

Pero Yiannis se mordió la lengua y guardó silencio. No dijo ni una palabra. No tenía por qué. Adam Landry hablaba por los dos y Cat estaba de acuerdo con todo lo que decía. Milos seguía haciendo su papel de joven encantador y Harry tiraba la comida a su alrededor.

Yiannis se limitaba a engullir los alimentos y los fulminaba a todos con la mirada.

Fue todo un alivio cuando sonó el teléfono. Era su madre.

–Tengo que contestar.

En cuanto lo hizo, se dio cuenta de que había sido un error. Su madre volvía a quejarse de su padre. Otra vez.

–Dice que no sabe si puede venir a la reunión familiar –le dijo a Yiannis, indignada–. Tiene una reunión de negocios en Grecia.

–Mmm –murmuró Yiannis. Se había ido al salón para atender la llamada, pero todavía podía ver lo que estaba ocurriendo en la mesa.

Adam hablaba, Milos se reía y Cat... Cat había dejado por fin de adorar a su prometido y en ese momento observaba a Harry mientras este engullía una galleta. De repente ella se volvió hacia él y le miró a los ojos. Sus miradas se encontraron, un segundo, dos, tres... Más. No podía apartar la vista de ella.

Yiannis lo vio todo con claridad en ese momento. Adam Landry podía ser el mejor hombre del mundo, pero no era el hombre adecuado para ella.

–¿Yiannis? ¿Sigues ahí? ¡Yiannis! –su madre le estaba hablando al oído.

Él sacudió la cabeza.

–Aquí estoy.

–Me estoy volviendo loca. ¡No sé qué voy a hacer con él!

–No te preocupes –le dijo Yiannis, intentando apaciguarla–. Te las arreglarás bien. Ya se te ocurrirá algo. Siempre se te ocurre.

Se despidió de su madre y volvió a mirar a Cat, metiendo las manos en los bolsillos. Tenía que recapacitar antes de que fuera demasiado tarde. Alguien como ella, brillante, inteligente e ingeniosa, no podía casarse con el hombre equivocado...

Capítulo 7

NO FUE un fin de semana para recordar. Cat llevó a Adam al aeropuerto el domingo a primera hora. Le dio un beso de despedida justo delante de la puerta de embarque y le prometió que estaría de vuelta en San Francisco por lo menos el viernes, un día antes de la gala benéfica. Sin embargo, todo era muy extraño. Se suponía que tener a Adam cerca la iba a ayudar a sacarse a Yiannis de la cabeza, pero...

La cosa no hizo más que empeorar.

Dos horas más tarde, Misty y Devin se presentaron en la puerta de la casa de la abuela.

–¿Dónde está? –exclamó Misty, mirando a su alrededor con impaciencia–. ¿Dónde está mi bebé?

–Está durmiendo la siesta.

Estaba a punto de pedirle que no le despertara, pero Misty pasó por delante de ella como una bala y fue directamente hacia el dormitorio. Al llegar a la puerta, aminoró el paso y abrió suavemente. Cat solo podía verla de perfil, pero con eso bastaba. Vio cómo desaparecía la tensión en el rostro de Misty, vio el amor maternal que ella misma sentía cuando veía dormir a Harry... Y entonces se volvió hacia el hombre que todavía estaba junto a la puerta de entrada.

–Ven aquí –le susurró, extendiendo una mano hacia él–. Ven a ver a tu hijo.

Devin vaciló un instante. Echó a andar, miró a Cat un instante y asintió con la cabeza. Cat le devolvió el saludo y se quitó de su camino. Se detuvo junto a la cuna y contempló al pequeño en silencio. Respiró hondo y estiró un brazo para tocar la suave mejilla de Harry.

—Te debo una, Cat —dijo Misty de repente, para sorpresa de Cat. Pero había auténtica sinceridad en sus palabras. Sus ojos azules brillaban; tenía las mejillas húmedas.

Y antes de que Cat pudiera reaccionar, la joven corrió hacia ella y le dio un sentido abrazo. Después de un momento de titubeo, Cat se lo devolvió. Era el primer abrazo verdadero que habían compartido...

—Harry te va a echar mucho de menos —Misty le dijo a Cat a la mañana siguiente.

Devin había guardado todas las cosas de Harry y las había metido en el coche de Misty. Esta, sujetando a Harry en brazos, había encontrado a Cat en el jardín, sitio al que había ido porque no sabía dónde estar ni qué hacer. Había pasado la noche en el sofá a regañadientes. Les había dicho que podía irse a un hotel a pasar la noche para darles algo más de privacidad, pero ellos no habían querido. Habían insistido en que se quedara con ellos.

Al ver acercarse a Misty, dejó las malas hierbas que estaba quitando y se incorporó.

—Yo también le voy a echar mucho de menos —dijo con sentimiento—. Es un niño encantador —sonrió, a pesar del dolor que ya empezaba a sentir por dentro.

—Deberías venir a verle. Puedes venir —dijo Misty—. El valle no está tan lejos. Eres bienvenida en cualquier momento.

Cat le dio las gracias.

—Me gustaría mucho.

Se miraron durante unos segundos. Años y años de recuerdos y discusiones pasaron ante sus ojos. Ambas apartaron la vista al mismo tiempo.

Misty le dio otro abrazo de hermana.

–Gracias. Por cuidar de Harry, por ocuparte de todo, por ayudarnos a ser una familia.

–Ha sido un placer –le dijo Cat a duras penas.

–¿Cómo es que tengo tanta suerte?

Cat dudaba mucho que hubiera una respuesta para esa pregunta.

Estaba sola. Ni abuela, ni Adam, ni Misty, ni Devin, ni Harry... No tenía familia. Cat miraba a su alrededor y trataba de disfrutar del silencio. Si se fijaba mucho, casi podía ver cómo golpeaban las ventanas las gotas de lluvia. Había empezado a llover cuando regresaba a casa del hospital esa tarde. Muy apropiado para su estado de ánimo. Misty, Devin y Harry ya se habían ido.

De repente llamaron a la puerta. La abrió y se encontró con Yiannis, de pie bajo el umbral, en vaqueros y cazadora. Estaba empapado hasta los huesos. Él era la última persona a la que quería ver esa noche.

–¿Qué?

Él no contestó, y tampoco esperó a obtener una invitación para entrar. Pasó por delante de ella y entró en la casa directamente.

–Yiannis. No me apetece tener compañía hoy.

Estaba chorreando agua sobre la alfombra, pero no se iba. Cat suspiró. Probablemente debía decirle que se quitara la chaqueta.

–¿Se fue Milos?

–Sí. Vino a despedirse, pero no estabas.

–Oh, lo siento. Dame su dirección de correo electrónico y le mando una nota.

Yiannis hizo crujir sus nudillos. Había una emoción indescifrable en su mirada. Finalmente se quitó la chaqueta y buscó algo dentro.

–Harry se dejó esto –le puso el conejito de peluche en la mano.

Esa era la gota que colmaba el vaso...

Cat agarró el juguete.

–Oh, Dios –dijo Yiannis al ver que estaba a punto de echarse a llorar–. No llores.

–¡No estoy llorando! –gritó ella. Las lágrimas corrían por sus mejillas.

–¡Solo es un peluche! –dijo Yiannis. Trató de quitárselo, pero ella se apartó y se aferró al muñeco como si estuviera defendiéndolo de algo.

–¡Ya sé lo que es!

–Cat –Yiannis le habló en un tono paciente–. Todo va a estar bien. Ya le mandaremos el muñeco.

–No es el muñeco. Es la fa... familia... No importa –intentó limpiarse la cara con el brazo.

Pero él la hizo detenerse, estrechándola entre sus brazos.

–Yian...

–Sh –la besó.

El aguante de un hombre tenía un límite. El deseo se podía dominar, y la necesidad también. Las palabras se podían neutralizar... Pero Yiannis no soportaba verla llorar al ver el muñequito de peluche. No podía verla llorar. No quería verla llorar. No quería nada más excepto lo que tenía en ese momento; ella en los brazos, su rostro contra el pecho, su cabello exquisitamente rizado sobre los labios, el aroma de su perfume en la nariz... Respiró hondo, saboreó la fragancia, la sujetó de la barbilla y probó la sal de sus lágrimas. No era ese el motivo por el que había ido a verla. Había ido a la casa para hacerla entrar en razón, para ser su amigo, para decirle la verdad... Para decirle que no estaba enamorada de Adam Landry.

No había dicho nada al final. Pero sus actos hablaban por sí solos. Cat deslizó los brazos por dentro de su chaqueta mojada y se acercó aún más, cerró los ojos y sintió el tacto de sus labios sobre la cara, las mejillas, la mandíbula, la boca... Los besos habían sido suaves y tiernos durante unos segundos, pero al alcanzar sus labios se habían vuelto desesperados, bruscos... El fuego que siempre había ardido entre ellos se había desatado. El control que siempre habían tenido se estaba resquebrajando. Cat entreabrió los labios. El corazón se le salía por la boca. El muñeco de peluche se le cayó al suelo y ni se dio cuenta. Le levantó la camisa con ambas manos y palpó su pecho caliente y musculoso. Él se estremeció; siempre lo hacía. Trató de quitarse la chaqueta, pero estaba tan mojada que se le pegaba al cuerpo.

–Déjame a mí –le dijo ella y se la quitó de los hombros, echándola al suelo un momento después.

–Cat...

–Por aquí –le dijo ella, señalando el dormitorio con un gesto.

Él la besó durante todo el camino hasta la cama y la acorraló contra ella. Quería caer encima de ella, arrancarle la ropa y hacerle el amor con desenfreno. Sus dedos torpes intentaban liberarla de la ropa. Le rompió la camisa, le quitó los pantalones a toda prisa. Pero un momento después, por fin, estaban desnudos, piel contra piel. Ella se puso de lado, y él deslizó dos dedos por encima de su cadera y a lo largo del muslo, alisándole la piel, igual que hacía con la madera... Después la hizo ponerse boca arriba, le separó las rodillas y se arrodilló entre ellas. Deslizó las manos por sus piernas muy lentamente, atormentándose tanto como la atormentaba a ella. Cat se movía, inquieta, le observaba con los ojos entreabiertos. Se lamió los labios. Yiannis le acarició la ingle, palpó su sexo, abrió sus labios más íntimos y empezó a jugar. Ella gimió. Él volvió a bajar un poco la mano, la subió, la tocó, más adentro esa vez... Ella entreabrió los labios, levantó las caderas, como si así pudiera hacerle llegar más adentro.

Podía. Podía hacerlo. Y entonces... mientras deslizaba las manos a lo largo de sus piernas hasta sus rodillas, ella estiró un brazo y le tocó. Deslizó un dedo con cuidado sobre su erección, haciéndole tensar cada músculo de su cuerpo para no sucumbir en ese preciso instante.

–Cat... –le agarró la mano.

–¿Tú puedes hacerlo y yo no?

Él sacudió la cabeza, sonriendo. Así era ella. Siempre llevaba la contraria, incluso en la cama. Se tumbó sobre ella y entró en su sexo. Durante unos segundos se mantuvieron inmóviles. Él se quedó quieto, observándola, sintiendo cómo se tensaba su cuerpo a su alrededor. Cat levantó la vista hacia él. Su rostro estaba en sombras, pero sus labios estaban hinchados, colmados de besos, las mejillas rojas...

–¿Y bien? –preguntó ella, llena de expectación, meneándose debajo de él.

Yiannis se rio. Risas y sexo... Era tan típico de Cat.

–Estaba pensando... –murmuró él.

No era cierto. No estaba pensando en absoluto. Estaba disfrutando. Y empezó a disfrutar mucho más en cuanto comenzó a moverse. Cat se movía con él, contra él, tomando el ritmo y haciéndolo propio. Sus miradas se engancharon, sus corazones retumbaban al unísono. Cat movió la cabeza a un lado y a otro. Levantó las caderas, suplicándole... Él empezó a moverse más deprisa, apretó los dientes... Ella se estremecía a su alrededor. Le apretó el trasero con ambas manos. Le clavó los talones en la parte de atrás de los muslos. Yiannis empujó una vez más y entonces ya no pudo aguantar más.

Se dejó llevar... Se desahogó. Ella le hacía completo.

Capítulo 8

CAT SE despertó lentamente, sintiéndose relajada, saciada. Empezó a estirarse. Los músculos se le agarrotaban, pero no importaba. Tampoco podía moverse mucho. Había un cuerpo duro y caliente contra su espalda.

—¿Yiannis?

Sintió cómo se curvaban sus labios sobre la nuca.

—¿Esperabas a otro?

Ella se volvió hacia él, le dio un golpecito con la nariz. Él sonreía, satisfecho, pero no saciado. De repente la agarró de la cintura y la levantó sobre él. Quedaron frente a frente, tumbados en la cama, cuerpo contra cuerpo. Cat podía sentir su miembro erecto. Aún tenía hambre de ella.

Él le sujetó las mejillas y la besó. Fue un beso largo y profundo que prometía otra noche de pasión como la que habían compartido. Y ella no dijo que no. Era lo que deseaba, tanto como él. Lo deseaba a plena luz del día. No hablaban, solo se tocaban, y observaban. Ella se sentó encima de él, a horcajadas. Le observó mientras deslizaba los dedos a capricho sobre su piel, acariciándole los pechos, pellizcándole los pezones. Y entonces le acarició el abdomen, deslizó una mano entre sus muslos, tocó su sexo desnudo, jugó con ella, tanteó el terreno.

Cat contuvo el aliento, y cuando él dejó de tocarla, sintió que le faltaba algo. Él la levantó por las caderas y volvió a colocarla encima, entrando así en su sexo. Sus cuerpos se tensaron. Ella bajó la vista y le sonrió. Después deslizó los dedos sobre su pecho, trazó un círculo alrededor de su ombligo, se inclinó y besó sus pequeños pezones masculinos. Esperó...

–Cat... –dijo él, gimiendo.

Le clavó los dedos en las caderas, levantándola y bajándola de nuevo. Pero ella se echó hacia atrás. No podía moverse.

–¡Cat! –su tono de voz era de absoluta desesperación.

–Ssssssí –Cat se levantó casi del todo y entonces volvió a bajar, metiéndole dentro de ella.

Yiannis jadeó, empezó a moverse, levantó las caderas para encontrarse con ella. El juego había terminado. Ya no había nada que esperar. Solo quedaba el deseo, el desenfreno... Más rápido, más frenético... Como una ola que los llevaba hasta lo más alto y que después rompía, precipitándolos al vacío, dejándolos exhaustos, varados en la orilla, sus cuerpos húmedos, los corazones desbocados. Cat, colapsada contra su pecho, podía oír su corazón palpitante contra la oreja. Sintió cómo él le acariciaba el cabello... Siempre había sido así con él. Eso era lo que más le gustaba de estar con él. No solo era la locura; también podían jugar, tentarse el uno al otro. Podían hablar, discutir, reír. La vida con Yiannis era algo más que irse a la cama. Era amor.

De repente Cat supo que nunca había dejado de amarle. Levantó la cabeza de su pecho y le miró. Él sonreía.

–Se acabó Adam –dijo él de pronto.

Cat se quedó de piedra.

–¿Qué?

Él encogió los hombros con pereza.

–Creo que hemos demostrado empíricamente que no quieres a Adam.

Cat se sintió como si acabaran de darle un puñetazo en el estómago. Moviéndose rápido, se quitó de encima de él y se puso en pie. Arrastró una sábana y se tapó con ella para no sentirse tan expuesta.

–¿Se trata de Adam?

–Claro que no. Se trata de ti –dijo Yiannis, frunciendo el ceño.

–¿Qué pasa conmigo?

–Pero ¿por qué te pones así? –Yiannis se recostó contra el cabecero de la cama y extendió una mano hacia ella.

Pero Cat apretó la sábana contra su cuerpo con más fuerza.

–¿Me has hecho el amor para demostrarme que no quiero a Adam?

–¡No! Bueno, sí, pero esa no es la única razón –él bajó la mano e hizo ademán de levantarse de la cama para ir tras ella.

Pero Cat ya no necesitaba que le demostrara nada más. Recogió su ropa del suelo, se metió en el cuarto de baño y cerró la puerta.

El pomo de la puerta giró.

–¡Cat! ¡Cat! ¡Por Dios! Abre –el pomo se movió de nuevo–. ¡Cat!

Pero Cat no estaba escuchando. Ya había oído suficiente. Abrió el grifo de la ducha a tope para no oírle. Soltó la sábana y se metió debajo del reconfortante chorro de agua caliente. Puso la cara justo delante. No quería sentir las lágrimas cuando empezaran a caer.

Había vuelto a equivocarse, de nuevo. Estaba enamorada de Yiannis Savas. Se quedó en la ducha hasta que el agua caliente se acabó. Abrió la puerta del dormitorio, quitó la maleta de la silla, y empezó a echar cosas dentro. Yiannis apareció en la puerta en un abrir y cerrar de ojos.

—¿Qué estás haciendo?

Ella ni se molestó en volverse.

—Estoy haciendo las maletas.

—¿Por qué? —él entró en la habitación y trató de agarrarla por el brazo.

Ella se apartó, fue hacia el armario, sacó toda su ropa y la enrolló con brusquedad para meterla en la maleta.

—Me voy a casa —dijo, intentando mantener la calma, sin siquiera mirarle a los ojos.

—No digas tonterías. Tu abuela te necesita.

—Mi abuela va a estar bien. Tiene a muchos médicos y enfermeros que la van a cuidar muy bien. Yo puedo estar pendiente por teléfono. Y a lo mejor me la llevo a San Francisco cuando salga del hospital.

—No va a querer. Ya lo sabes.

—Pues qué pena. Yo trabajo allí. Toda mi vida está allí. ¡Adam está allí! —en ese momento sí que se dio la vuelta y miró a Yiannis a los ojos.

Le fulminó con la mirada, furiosa. Pero ella no era la única. Los ojos de Yiannis echaban chispas.

—No estás hablando en serio. ¡No puedes volver con él después de lo que acabas de hacer conmigo!

—Bueno, no tengo pensado decírselo —dijo Cat, dolida—. En eso tienes razón.

—¡No puedes casarte con él!

—¡No me digas lo que tengo que hacer y lo que no! —gritó Cat. Cerró la maleta con violencia, la arrastró hasta el salón y empezó a bajar las escaleras.

Yiannis fue detrás de ella.

–Estás exagerando. No me acosté contigo solo para demostrar algo.

–Muy bien. Entonces solo fue algo accidental, para pasar el rato –le espetó Cat en un tono corrosivo.

Metió la maleta en el coche, cerró la puerta con gran estruendo y volvió a recoger a los gatos. Él se interpuso en su camino, le impidió el paso.

–Es cierto –dijo, insistiendo–. Aunque ahora supongo que irás y te casarás con él por despecho.

–Bueno, será mejor que casarme contigo –dijo Cat, dándole un empujón y pasando por delante. Subió las escaleras. Afortunadamente, Bas y Hux estaban localizables. Los tomó en brazos a los dos, pasó por delante de Yiannis y volvió a bajar.

Él fue detrás de ella. Sus pasos sonaban fuertes, decididos.

–¡Catriona! Maldita sea. Para un momento.

Pero ella no se detuvo hasta haber metido a los gatos en el coche. Entonces se dio la vuelta y volvió sobre sus propios pasos. Le hizo frente.

–¡No escuchas! Nunca lo haces. Escucha esto –la agarró con fuerza y le dio un beso feroz, como si la estuviera marcando sin remedio y para siempre.

Cat podría haberle dicho que ya lo había hecho. Para toda la vida... ¿Pero de qué hubiera servido? Se quedó quieta y aguantó. Se mantuvo firme.

–Estoy escuchando –le dijo cuando él se apartó por fin–. ¿Qué quieres decirme?

–Quiero decirte que he impedido que cometas el error más grande de toda tu vida.

Y eso era exactamente lo que ella creía haberle oído decir. Simplemente eso. Nada más.

–Bueno, muchas gracias –Cat subió al coche, arrancó

y salió a toda prisa. No había canción que pudiera animarla un poco en ese momento...

Yiannis dudaba mucho que existiera una palabra en
el idioma inglés para describir el maremágnum de emociones, todas ellas caóticas, que sintió al ver marchar a
Cat. Entró en la casa, cerró dando un portazo y le dio
una patada a la silla de la cocina que se interponía en
su camino... Ella no regresó. Simplemente le dejó con
un nuevo fardo de recuerdos que le estaban volviendo
loco.

Le amaba. Estaba seguro de ello. Pero no sabía
cómo abrirle los ojos. Hablar con ella no iba a funcionar... Cada vez que sonaba el teléfono, esperaba que
fuera ella, pero siempre era otra persona. Su madre le
había llamado otra media docena de veces. Su hermana
le había llamado dos veces también, pero él no había
contestado a sus llamadas. No quería verse involucrado
en otro lío familiar. Ya tenía suficientes problemas. Las
únicas personas con las que había hablado habían sido
clientes y distribuidores. Y también había hablado con
Maggie.

Pensaba que se lo iba tomar muy mal, pero Maggie
tenía muchos años y era muy sabia.

–Ya la he retenido aquí durante mucho tiempo –le
dijo cuando él le preguntó por Cat un día después de su
marcha–. Tiene trabajo. Los niños deben de estar deseando verla. Y creo que ella también los necesita. Echa
de menos a Harry.

Yiannis sabía que era así. Le pidió la dirección de
Misty y le envió el peluche que Cat había comprado
para Harry. También le mandó su dirección. A lo mejor
Misty le escribía, para darle las gracias. No era mucho,

pero era lo único que podía hacer sin que ella se volviera en su contra. Después de enviar el paquete para Harry se fue a casa. Agarró la tabla de surf y se fue a la playa. Hacía un día lluvioso y frío. Estaban en pleno marzo... No había nadie más en la orilla. Pero las olas no estaban del todo mal... Finalmente, agotado, regresó a la casa. Comió un par de porciones de pizza fría y se fue a su taller. La noche anterior había pasado las horas allí, lijando el aparador. Se suponía que el trabajo le calmaba, pero en esa ocasión no estaba surtiendo efecto.

Eran casi las once cuando sonó el timbre de la puerta. Fue tan repentino que la pata en la que estaba trabajando se le cayó de las manos. Fue a abrir. Estaba cubierto de serrín, pegajoso por el barniz... No se había afeitado. Pero daba igual. Solo una persona podía estar llamando a su puerta a esa hora de la noche. Al final ella había escuchado a su propio corazón...

Abrió la puerta bruscamente y se quedó perplejo.

–¡Mamá!

Parpadeó. Apretó los párpados y volvió a abrir los ojos. Malena Savas estaba allí en carne y hueso. El pelo canoso se le rizaba con la lluvia. A su lado había una maleta.

–¿Mamá? –repitió, cada vez más preocupado–. ¿Qué demonios... Qué estás haciendo aquí?

Ella esbozó una sonrisa espléndida y decidida.

–Me voy a divorciar, cariño. He dejado a tu padre.

Capítulo 9

PERO QUÉ dices? –exclamó Yiannis, haciéndose a un lado para dejarla entrar–. No te puedes divorciar de papá.

Su madre se volvió hacia él y puso las manos sobre las caderas.

–No empieces con eso. Tú no. Eres la única persona que me queda.

Fue hacia la cocina, como si estuviera en su propia casa. Puso agua a hervir para preparar té.

–Ellos no lo entienden. Y él tampoco. Pero yo sabía que tú sí, porque no crees en el matrimonio.

Yiannis sacudió la cabeza y se preguntó si aquello era una alucinación. Sus padres llevaban cuarenta años casados. Eran el cimiento de su vida. Existía gracias a ellos.

–¿Dónde tienes las tazas de té? –le preguntó su madre.

Las sacó para ella.

–Son tazas normales y corrientes, mamá. No tengo tazas de té.

–No importa. Nada importa. Pregúntale a tu padre –dijo con amargura, metiendo una bolsita de té en cada una de las tazas.

–Mamá, creo que tienes que calmarte un poco.

Ella se dio la vuelta de golpe. Tenía las mejillas encendidas.

–Tienes toda la razón. Ya estoy más que harta de ese

hombre. No quiere ver la realidad. No quiere darse cuenta de que no es inmortal. ¿Sabes lo que me dijo cuando le recordé lo de la reunión familiar?

–Que tenía que trabajar –Yiannis conocía muy bien a su padre.

–¡Que tenía que trabajar! –Malena gritó a todo pulmón–. Y no solo eso. También me dijo que tenía que irse a Grecia. Pero ¿qué le pasa?

Yiannis se limitó a sacudir la cabeza.

–No sé. Yo tampoco lo sé. Pero ya estoy cansada de pelear con él. Estoy cansada de intentar hacerle entrar en razón. Estoy... cansada.

Yiannis le puso un brazo alrededor de los hombros.

–Mamá, a lo mejor no necesitas tomarte un té. A lo mejor lo que necesitas es irte a la cama.

–A lo mejor –dijo ella. Su voz sonaba tan exhausta que apenas podía oírla en ese momento.

–Yo preparo la cama.

Dejó a su madre sentada en la cocina con tu taza de té y le preparó la habitación que había usado Milos. Se preguntó si debía llamar a su padre. ¿Sabía que ella le había dejado? ¿Se habría dado cuenta su padre, siempre adicto al trabajo, de que su madre ya no estaba allí?

Metió una almohada en su funda, alisó las sábanas y regresó a la cocina.

–Tienes que hablar con papá.

–No.

–Mamá...

–No.

Yiannis le lanzó una mirada inflexible, pero ella siguió sacudiendo la cabeza. Sonrió con tristeza y le acarició la mejilla. Se dirigió al dormitorio.

–Tengo que dormir –le dijo por fin–. Llevo días sin hacerlo.

–Yo también –murmuró Yiannis para sí.

Pero tampoco pudo dormir esa noche. Se quedó en vela toda la noche, preguntándose quién había puesto patas arriba todo su mundo. Quería tener a Cat en sus brazos en ese momento. Lo necesitaba desesperadamente. Quería que Cat volviera a su vida. Quería a Cat.

Un día después de volver a San Francisco, Cat le dijo a Adam que no podía casarse con él. Él se había acercado a verla después del trabajo, encantado de tenerla de vuelta... Pero la alegría no le había durado mucho.

–No es por ti. Soy yo –le aseguró ella.

Y él, siempre tan seguro de sí mismo y de sus cualidades, se lo creyó sin problema. Incluso llegó a sonreír.

–Pensé que te lo estabas pensando mejor cuando empezaste a remolonear con lo del vestido. Sabías que esa vida no era para ti.

¿Había sido eso solamente? ¿Yiannis no había tenido nada que ver? La idea era reconfortante. Cat solo podía esperar que Adam la conociera mejor que ella misma.

–Pero vas a venir conmigo a la fiesta, ¿no?

Ella parpadeó.

–¿Quieres que vaya?

–Bueno, ahora tienes el vestido, y yo no tengo cita –extendió las manos y esbozó una sonrisa de esperanza.

Cat, sorprendida, decidió que no era mala idea. Así por lo menos tendría algo de qué hablar con la abuela cuando la llamara por la noche. No mencionaría lo de la ruptura, no obstante. Ya habría tiempo para eso cuando la viera en persona.

Fue hacia la ventana y se sentó en el sofá, bebiendo

una taza de té y observando a la señora Wang. La anciana estaba en el porche de su casa, al otro lado de la calle, peinando a su gato... Cincuenta años más tarde esa sería ella...

El matrimonio de sus padres no era su problema. Yiannis se lo repitió una y otra vez esa noche, pero por más que quería creerlo, no podía. Llevaba toda la vida dando por sentado que sus padres eran inseparables. Tenía que hacer algo para que volvieran a estar juntos. Pero ellos tampoco se lo ponían fácil.

–Estoy teniendo la vida que quiero –le decía–. Me he pasado los últimos cuarenta años viviendo la de tu padre.

–¿No lo quieres?

–Claro que sí. ¡Viejo estúpido! Lo quiero, pero no quiero sus negocios. Y no me gusta que sea tan egoísta. Hace lo que le da la gana sin pensar en las consecuencias, sin pensar en cómo sus actos afectan a los demás. Le quiero, pero le voy a perder –parpadeó varias veces y se frotó los ojos.

–No vas a perderle. Vas a divorciarte de él.

–Pero no quiero quedarme de brazos cruzados, viendo cómo se destruye.

–¿Y es mejor dejarle? –Yiannis no lo comprendía.

–Sí –dijo su madre con firmeza–. Lo es. Quedarme me está matando poco a poco.

Pasó un día completo. Y otro. A la noche siguiente, su padre todavía no había llamado para saber de su madre. Y su madre no mostraba signos de darse por vencida. Pero cuanto más la escuchaba, más entendía sus sentimientos. Por alguna extraña razón, lo que su madre le decía le hacía pensar en Cat. Las dos eran mujeres entrañables, daban amor sin esperar nada a cambio... Y eso le llevaba a pensar que él tenía mucho más en común con su padre de lo que quería creer. Ambos eran egoístas, hombres testarudos, ciegos...

–Voy a llamar a papá, mamá.

Eran poco más de las siete del jueves por la noche; más de las diez en Nueva York, si su padre estaba allí. Malena Savas levantó la vista hacia su hijo. Estaba pálida, desolada. No dijo ni una palabra.

–Si no quieres que lo haga, será mejor que me lo digas ahora –le dijo Yiannis.

–No sé si servirá de algo –dijo ella con un hilo de voz, bajando la vista.

Yiannis tampoco lo sabía. Se detuvo en el umbral y la observó durante unos momentos. Respiró hondo, fue hacia su taller para tener algo más de privacidad, y llamó a su padre.

–Savas –dijo su padre, contestando al momento. Su voz sonaba malhumorada, como siempre.

–Papá... Soy yo, Yiannis.

Hubo un instante de vacilación.

–¿Sabes dónde está tu madre?

–Sí –respiró–. Está aquí conmigo.

–¿En California? –su padre sonaba a medio camino entre el enfado y el alivio–. Pero ¿qué está haciendo allí? ¿Te pasa algo?

–No. Pero a ella sí –Yiannis se atrevió a hablarle así porque le conocía muy bien–. Le pasa algo contigo –se hizo un silencio–. Deja de ser tan egoísta.

–¿Egoísta? Trabajo sesenta horas a la semana. Más incluso. Lo hago por ella. ¡Por ti!

–Sí. Y por ti también –apuntó Yiannis–. Eso es lo que aportas a la familia, ¿verdad? Así te sientes útil.

–Soy útil –dijo Socrates Savas con contundencia.

–Claro que lo eres. Pero no solo para los negocios. Mamá te quiere –le dijo Yiannis con emoción–. Demasiado como para sentarse a ver cómo te destruyes. No está dispuesta a hacerlo, así que no la obligues.

–¿Se trata de mí entonces? –exclamó Socrates con prepotencia.

–Se trata de los dos, de vosotros y de la pareja que hacéis. Cuarenta años, papá. Eso es mucho tiempo. Me impresiona. No lo había pensando hasta ahora. Y aunque lo hubiera hecho, seguramente hubiera creído que era algo fácil, un paseo... –dijo, pensando que no solo estaba hablando para su padre. Estaba hablando para sí mismo también–. No lo tires por la borda, papá.

–No he sido yo el que se ha ido.

–No la dejes ir. No malgastes tus oportunidades de ser feliz. Daros otra oportunidad.

No sabía si aquellas palabras iban a servir para algo. Su padre no hacía promesas. Masculló algo y se quejó de que Lena nunca le entendía. Se quejó de sus hijos... Dijo que no valoraban lo mucho que él había trabajado por ellos. Yiannis le dejó hablar. Escuchó. Podía oír el egoísmo en las palabras de su padre, y también el dolor que se negaba a reconocer como propio. No hacía más que intentar esconder sus sentimientos.

Él también había estado ahí, unos días antes. Una mujer maravillosa le había abandonado porque había sido demasiado egoísta... Una mujer a la que amaba.

Yiannis se mesó el cabello. ¿Querría ella darle otra oportunidad? Era difícil saberlo...

Llamaron a la puerta poco después del mediodía. Era sábado. Yiannis se había pasado la mañana intentando encontrar la manera de ir a San Francisco sin tener que dejar sola a su madre. Al final halló la solución preguntándose qué haría Cat en esa situación.

Llevársela consigo. Casi podía oírla diciendo las palabras...

La idea no le hacía mucha gracia. No quería tener que confesarle a su madre el por qué de un viaje tan repentino a San Francisco. Además, sabía que, si lo hacía, ella se empeñaría aún más en acompañarle. Querría conocer a Cat, ver a la mujer que había vuelto loco a su hijo pequeño.

Los golpes a la puerta se hicieron cada vez más fuertes. Molesto, Yiannis la abrió de par en par.

Su padre entró directamente, mirando a un lado y a otro como si esperara ver a su mujer escondida detrás de una silla.

–¿Dónde está?

Yiannis cerró la puerta y miró a su testarudo padre.

–Hola.

Su padre le saludó con un gesto serio y entonces se mesó el cabello.

–¿Dónde está tu madre?

–Fue a la panadería. Volverá en cualquier momento.

Apenas acababa de decir la frase cuando la puerta se abrió de nuevo.

–Se acabaron las rosquillas, así que... Oh –se ruborizó rápidamente al ver al hombre que estaba en mitad del salón.

Socrates también la miró fijamente. Ninguno de los dos habló. Y eso fue muy extraño. Yiannis no podía recordar un momento como ese, en el que sus padres se hubieran quedado sin palabras. Siempre hablaban, demasiado... Pero en ese instante, simplemente se limitaron a mirarse.

–Muy bien –dijo Yiannis. Le quitó la bolsa de la panadería a su madre de las manos y se la dio a su padre.

–Lleva esto a la cocina y prepárale una taza de té a mamá.

Su padre se le quedó mirando.

–El agua caliente está sobre el hornillo. Muy sencillo.

–Yiannis –dijo su madre, intentando apaciguar los ánimos.

–Que te haga una taza de té. Y después los dos os sentáis, coméis, y habláis un poco. Y os escucháis también. Y yo espero que eso sea suficiente para arreglar las cosas. Lo espero de verdad. Me tengo que ir.

Dio media vuelta, fue hacia su dormitorio, metió algo de ropa en una mochila, agarró su chaqueta y se dirigió hacia la puerta. Ni su padre ni su madre se habían movido.

–No puedo arreglar esto por vosotros. Eso lo tenéis que hacer vosotros mismos. Deseadme suerte.

–¿Suerte?

–¿Por qué, Yiannis? ¿Adónde vas?

Yiannis tragó en seco.

–A buscar a la mujer que amo.

La gala fue como un baile de cuento de hadas. Magníficas arañas rutilantes, apliques revestidos en oro, ventanas panorámicas que ofrecían las mejores vistas de la pista de golf situada junto a la casa del jefe de Adam. Hombres con corbata negra e impecables camisas blancas, mujeres con largos trajes de noche que brillaban y resplandecían. Y, por una vez, Cat no parecía fuera de lugar. Bien podría haber sido un auténtico cuento de hadas, de no haber sido porque el verdadero y único amor de Cat estaba a cientos de kilómetros de allí... Por fuera sonreía sin parar, pero por dentro estaba hecha un mar de lágrimas. La vida no era una fantasía al fin y al cabo. Había hecho lo correcto, no obstante, rompiendo su compromiso. Ella lo sabía. Adam lo sabía. Y aunque fuera a pasar la noche sola en su apartamento, no podía hacer otra cosa que intentar pasarlo bien en la medida de lo posible. Además, no había razón para no hacerlo.

Había bailado con varios de los invitados, hombres que normalmente veía en las revistas de economía y en las páginas de sociedad de los periódicos... Habían sido encantadores con ella.

Nunca había bailado con Yiannis...

—¿Cansada? —le preguntó Adam al ver que le cambiaba el gesto de la cara.

—Sí. Un poquito —Cat esbozó su mejor sonrisa y asintió con la cabeza.

—Podemos irnos si quieres.

—Cuando quieras.

Durante el viaje en coche de vuelta a la ciudad, ambos guardaron silencio. No había nada que decir. La velada había sido agradable, pero ya había terminado. A lo mejor incluso sería la última vez que lo vería. Eran más de la una cuando llegaron a la ciudad. El coche subió la empinada colina sobre la que vivía Cat en una casita adosada con un techo puntiagudo. Había dejado una luz encendida en su apartamento del tercer piso. Pero la luz del porche estaba apagada. La familia que vivía en ese piso ya se había ido a la cama.

—No voy a entrar —dijo Adam al detenerse delante de la casa.

Ni siquiera apagó el motor.

—Buenas noche, Cat —dijo, quitando el bloqueo de las puertas. Se inclinó y le dio un beso en la mejilla—. Gracias por venir. Adiós.

Ella se le quedó mirando, sorprendida. Él siempre había sido muy caballeroso. Siempre la acompañaba hasta la puerta... Pero antes de que pudiera decir nada, la puerta del coche se abrió por su lado abruptamente.

–Buenas noches, Landry –dijo una voz seca y dura.

Yiannis... Cat se volvió y se quedó mirándole. Su rostro estaba en sombras.

–Me pareció verte –dijo Adam–. Buenas noches, Savas –añadió.

Yiannis tomó la mano de Cat y la sacó del coche.

–Buena suerte.

–La voy a necesitar –le contestó Yiannis a Adam. Cerró la puerta del coche con la otra mano, sin soltar a Cat, como si temiera que se pudiera escapar en cualquier momento.

Ella se volvió hacia él bajo la luz de la farola. Parecía cansado, demacrado, fiero... Estaba sin afeitar, con ojeras... Ella se le quedó mirando, deseando que dijera algo.

–¿Qué estás...?

–Hace mucho frío. ¿Podemos entrar?

–Yo... Sí. Claro.

Llevaba una camiseta, unos vaqueros y una chaqueta fina, muy apropiada para el sur de California, pero no tanto para San Francisco en mitad de marzo. Cat subió los peldaños que llevaban al porche y entró en la casa. Él fue tras ella. La escalera era estrecha y empinada.

–¿Cuánto tiempo llevas aquí? –le preguntó por encima del hombro mientras subía.

–Cinco, seis horas.

Ella se dio la vuelta de golpe y le miró.

–¿Cinco o seis horas?

Él se encogió de hombros.

–No recordaba que ibas a estar en ese maldito baile. Pensaba que ya habías terminado con él.

–¿Porque tú me demostraste que no le quería?

Cat casi le oyó apretar los dientes. No estaba segura de quererle en su apartamento si iban a empezar a discutir de nuevo. De repente él le quitó la llave de las manos, abrió la puerta él mismo...

—Después de ti.

Cat tuvo ganas de darle una patada en la espinilla, pero se aguantó. Él cerró la puerta al entrar.

—¿Por qué no me dices por qué estás aquí?

Yiannis no dijo nada. Caminó unos segundos por el salón y entonces se detuvo.

—Estás preciosa —le dijo, mirándola. Sonaba como una acusación.

—Gracias —ella se quedó quieta, sosteniéndole la mirada, esperando a que dijera algo más.

—No se trata de Landry.

—Me alegra oír eso —por lo menos esa vez podrían discutir sobre otra cosa.

—Sabía que no te casarías con él.

Cat guardó silencio.

—¿Te casas conmigo?

Ella pensó que la música debía de haber estado demasiado alta durante la gala. Claramente no había oído bien... Se quedó mirándole, segura de haber oído algo que no era.

—¿Que la casa qué? —dijo. Eso debía de ser lo que él había dicho.

—Maldita sea —parecía que le estaban arrancando las palabras—. He dicho... ¿Te casas conmigo?

Esa vez sí que le oyó bien, alto y claro. No había dudas. Cat miró a su alrededor, buscando un sitio donde sentarse. La silla más cercana estaba a un par de pasos... Llegó hasta ella a duras penas. ¿Le había pedido que se casara con él? Sí. Lo había hecho.

—¿Por qué? —le preguntó, tragando en seco.

Yiannis se pasó una mano por la cara, respiró hondo y siguió adelante.

–Porque te quiero. Porque quiero vivir mi vida contigo. Porque quiero despertarme a tu lado todas las mañanas e irme a la cama contigo cada noche. Porque quiero hablar contigo, escucharte, hacerte el amor, tener niños y nietos contigo... ¿Qué te parece, para empezar? –la miró, angustiado, todavía al otro lado de la habitación.

Por suerte Cat seguía sentada. De no haber sido así, las rodillas le hubieran temblado. Le creía, porque seguía lejos de ella. No había intentando acercarse, no había intentado influir en ella con sus innegables encantos masculinos. No había habido besos, ni caricias... Solo palabras... Las palabras adecuadas. Se rio nerviosamente.

–¿Para empezar? –repitió–. ¿Es que hay más? Me tienes en el bote desde que dijiste eso de «te quiero».

Él fue hacia ella rápidamente, se agachó junto a la silla, la abrazó.

–Oh, Dios, Cat, ¿estás segura?

Nunca había estado tan segura de nada en su vida. Él había sido demasiado sincero como para dudar en ese momento.

–Sí. Claro que sí.

Le hizo incorporarse y entonces él la estrechó entre sus brazos. Se sentó en la silla, la hizo sentarse sobre sus piernas. Ella le quitó la chaqueta y empezó a desabrocharle los botones de la camisa. Él puso las manos sobre su brillante vestido color cielo estrellado y gimió.

–Ni siquiera sé cómo funciona esto.

–Es muy sencillo –dijo ella. Se puso en pie, buscó la cremallera escondida y la bajó. Sacudió un poco el cuerpo y el vestido cayó a sus pies, formando un charco de luz a su alrededor.

–Me gusta –dijo Yiannis, atrayéndola hacia sí de nuevo.

Pero Cat tenía una idea mejor. Le agarró de la mano y le condujo al dormitorio. Allí él terminó de desvestirla, se quitó los pantalones y se tumbó con ella en la cama. Hicieron el amor rápido y frenéticamente. Estaban hambrientos, desesperados... Después, tumbada junto a él, Cat deslizó la palma de la mano por el contorno de su espalda. Él la observaba y Cat se preguntaba si alguna vez se cansaría de él.

Imposible.

Él deslizó una mano sobre su cabello, enredó los dedos en sus rizos caprichosos.

–Precioso –murmuró–. Mío –añadió.

–Tuya. Siempre lo he sido.

–Lo sé. Ahora lo entiendo. Un poco, por lo menos.

–¿Qué quieres decir? ¿Cómo?

Fuera lo que fuera lo que había entendido, le había hecho volver junto a ella...

–¿Ya te has cansado de mi familia? –le preguntó Yiannis a su esposa.

Estaban en el porche de la casa de sus padres en Long Island, contemplando el mar, la arena... Rodeados de hermanos, hermanas, sobrinas, sobrinos, tíos, tías, primos... Todos ellos miembros de la familia Savas... A veces era difícil averiguar los parentescos.

–Son tu familia también –añadió con una sonrisa–. Son mi regalo de boda.

Cat se rio y le rodeó con ambos brazos.

–Les quiero –le dijo, poniéndose de puntillas para llegar a su altura–. A todos –añadió.

Llevaba toda la semana en la Luna, desde el momento en que él le había puesto el anillo de compromiso. Era el anillo de su madre...

—Es un recuerdo de familia —le había dicho Malena Savas a su hijo, riendo y llorando al mismo tiempo, contenta de saber que por fin se iba a casar con una mujer a la que amaba de verdad—. Tu padre dice que estamos empezando de nuevo, que se está convirtiendo en un hombre nuevo. Me va a regalar otro anillo.

—No puedo aceptar el viejo —le había dicho Yiannis.

—No. Yo te lo doy —le había dicho su madre—. Pero solo si Cat quiere.

Y Cat quería. Los padres de Yiannis eran encantadores... La querían mucho, y ella a ellos... Malena le había tomado afecto enseguida, y Socrates se la había ganado fácilmente.

—Creo que se te dan muy bien las relaciones de familia.

—Estoy aprendiendo —le aseguró Cat.

Había sido una boda íntima. Solo habían asistido Maggie, los padres de Yiannis, Misty y Harry. Devin estaba de servicio en alguna parte del mundo...

—Si supiéramos dónde, tendría que matarnos —le había dicho Cat a Yiannis en un tono bromista después de colgarle a Misty el día que la había llamado para invitarla a la boda.

Abrazó a su esposo.

—Me alegro mucho de que hayan venido.

—Y yo. A lo mejor Harry se acuerda de nosotros.

—No se va a olvidar nunca. Misty me dice que le habla mucho de nosotros. Dice que le encanta el peluche conejo —añadió, poniéndose seria—. Gracias por mandárselo.

Yiannis sonrió.

—Todos los niños necesitan uno de esos —dijo él y le dio un beso en la nariz.

Y también necesitaban una familia... Una familia como la que él le iba a dar.

La fiesta de los Savas coincidía con el festín de la boda... Cat hablaba con todos los familiares de Yiannis... Incluso acababa de conocer a uno nuevo...

—Daniel —le dijo George, presentándole a su hijo de cinco años. Era otro de los hermanos de Yiannis.

—¿Puedo tomarle en brazos? —le preguntó Cat.

George le puso al niño en los brazos y un resplandor sin medida iluminó el rostro de Cat.

—Serás el padrino, ¿no? —le preguntó George a su hermano. Parecía contento, un poco sorprendido al ver que Yiannis estaba de acuerdo.

—Sí —dijo este, asintiendo.

—Así practicará un poco —dijo Cat, sonriéndole al bebé, Daniel.

George levantó una ceja.

—Sí, ¿verdad?

De repente Yiannis se dio cuenta... Fue como si le hubieran dado un puñetazo.

—¿Cat? —la miró fijamente.

Ella estaba radiante. Su rostro resplandecía. Pero no era por George. Era por él.

—¿Un bebé? —le preguntó. De repente, sentía pánico, euforia...

—Sí —dijo ella, rodeándole con ambos brazos, inclinándose contra su pecho.

Yiannis la atrajo hacia sí, le dio un beso en la cabeza... Trató de imaginarse a ese niño que estaba por nacer... No podía...

Cat estaba tarareando una canción que él conocía... Sonrió.

Era un día maravilloso...

Bianca.

¡Era una propuesta escandalosa!

Al alquilar aquella cabaña en Irlanda, Karen Ford buscaba un refugio donde esconderse de su pasado, pero sin ninguna intención de establecer una relación con un hombre, y menos con el sombrío extraño al que había conocido aquel aciago día…

Desgraciadamente, no había manera de escapar de Gray O'Connell, el solitario hombre de negocios, que resultó ser su casero. Gray era conocido por su comportamiento frío y altivo, de ahí el sobresalto de Karen al escuchar su escandalosa propuesta…

Vidas tormentosas

Maggie Cox

Acepte 2 de nuestras mejores novelas de amor GRATIS

¡Y reciba un regalo sorpresa!

Oferta especial de tiempo limitado

Rellene el cupón y envíelo a

Harlequin Reader Service®
3010 Walden Ave.
P.O. Box 1867
Buffalo, N.Y. 14240-1867

¡Si! Por favor, envíenme 2 novelas de amor de Harlequin (1 Bianca® y 1 Deseo®) gratis, más el regalo sorpresa. Luego remítanme 4 novelas nuevas todos los meses, las cuales recibiré mucho antes de que aparezcan en librerías, y factúrenme al bajo precio de $3,24 cada una, más $0,25 por envío e impuesto de ventas, si corresponde*. Este es el precio total, y es un ahorro de casi el 20% sobre el precio de portada. !Una oferta excelente! Entiendo que el hecho de aceptar estos libros y el regalo no me obliga en forma alguna a la compra de libros adicionales. Y también que puedo devolver cualquier envío y cancelar en cualquier momento. Aún si decido no comprar ningún otro libro de Harlequin, los 2 libros gratis y el regalo sorpresa son míos para siempre.

416 LBN DU7N

Nombre y apellido	(Por favor, letra de molde)

Dirección	Apartamento No.	

Ciudad	Estado	Zona postal

Esta oferta se limita a un pedido por hogar y no está disponible para los subscriptores actuales de Deseo® y Bianca®.
*Los términos y precios quedan sujetos a cambios sin aviso previo.
Impuestos de ventas aplican en N.Y.

SPN-03   ©2003 Harlequin Enterprises Limited

¿Solo una semana?

ANNE OLIVER

Cuando Emma entró en el club de striptease de Jake para entregarle el traje de padrino para la boda de su hermana, él no fue capaz de resistir la tentación de tomarle un poco el pelo. Emma siempre había sido demasiado seria, necesitaba divertirse un poco y él iba a ser el hombre que se lo enseñara.

A Emma le gustaba su vida sin complicaciones. Pero después de un par de besos ardientes con su amor del instituto, fue incapaz de decir que no a la sugerencia de Jake de que exploraran durante el fin de semana de la boda la atracción mutua que sentían.

Emma estaba siendo una atracción irresistible

¡YA EN TU PUNTO DE VENTA!

Fuera de su alcance... ¡pero irresistible!

A Rocco D'Angelo no le iban las mujeres dependientes, y comprometerse no era lo suyo. Sin embargo, la atracción que sintió al conocer a Emma Marchant, la enfermera de su adorada abuela, iba más allá del desafío que suponía para él cada nueva conquista.

La prudente Emma jamás habría imaginado que un día cambiaría el tranquilo pueblecito inglés en el que vivía por la exótica costa de Liguria, en Italia, y mucho menos que la cortejaría un hombre con tan mala reputación como Rocco. Ella podría ser la mujer que domase al indomable Rocco... a menos que su enamoramiento fuese más peligroso de lo que había imaginado...

Las huellas del pasado

Chantelle Shaw